Tsukasa Fushimi
伏見つかさ
Illustration◆かんざきひろ
我的妹妹哪有這麼可愛!
8

CONTENTS

Cei Len Chi
Rami Neto

珠希

Ore no imouto ga
konnani kawaii
wake ga nai
8

Ore no imouto ga
konnani kawaii
wake ga nai
8
琉璃
日向

我的妹妹哪有這麼可愛！
8
伏見つかさ
Tsukasa Fushimi
Illustration◆かんざきひろ

第一章

「請你和我交往。」

黑貓毅然抬頭看著我，以清晰的聲音這麼說道。

一陣目眩伴隨著彷彿穿透眉間的衝擊朝我襲來。

這短短一句話裡究竟隱含了多少心意。

那個孤傲、固執、寡言，個性又彆扭的女孩。

不知道鼓起多大的勇氣，才能夠對我訴說自己的心情。

而我——

有生以來正第一次受到女生的告白。

「——」

腦袋終於意識到是怎麼回事時，我的膝蓋立刻開始發抖。

我高興到快站不住，整個人就像要昏過去了一樣。

心臟的鼓動開始無止盡地加速，讓我整個人就像全力奔跑完一樣。

「呼——」

忍不住吐出來的氣息帶著無比的熱度。

穿著清純白色洋裝的黑貓就站在我眼前，她握緊拳頭，嬌小的肩膀也微微發抖著。此時她的眼睛不但散發出一股熱量而且還相當濕潤。

她為什麼會這樣呢？那還用說嗎？當然是因為在等待告白的對象回覆答案。

但是我卻沒辦法馬上回應黑貓的心情。

「…………」

她對我的心意當然是無庸置疑。黑貓剛才已經讓我了解……她是真心喜歡我的。明明高興得想跳舞，但就是沒辦法從我嘴巴裡說出答應她告白的回答。

我只是像過去某個時刻一樣，全身僵硬，無法動彈。

我們兩個人都保持沉默，任由時間流逝。

不久之後……

「嗚……」

等待回應的黑貓，濕潤眼眶裡終於流出細微的淚滴。

看見我不知道如何回答的模樣，她一定是認為我沒辦法接受她的心意吧。

「…………」

黑貓像是被不安擊潰般低下了頭。雖然看不見她臉上的表情，但她似乎咬緊下唇，努力忍

住不哭的樣子。

罪惡感令我的胸口感到疼痛。雖然腦袋裡想著那就好好回應她的感情，但我的意志就是沒辦法傳達到身體上。

又隔了一陣子，黑貓再度抬起頭來說：

「……你有其他喜歡的人嗎？」

「不是那樣……」

乾枯的喉嚨裡發出沙啞的聲音。

黑貓的黑色眼珠熱切表達出「那是為什麼？」的疑問。

我在自己心裡不斷尋找著答案，但——

我就是不知道。

我感到一陣驚訝。

黑貓對我來說是十分重要的朋友，同時也是超級可愛的學妹。自從她親了我的臉頰之後，我便非常在意她的存在，每次遇見她心頭都會小鹿亂撞。每次與她說話也都感到心癢難熬，甚至連話題中斷之後的沉默都讓我覺得很舒服。

黑貓用快哭出來的聲音繼續說：

「……那就是你不願意跟我交往囉？」

「不是！」

這麼重要又這麼可愛的黑貓向我告白，我真的覺得非常高興。這是有生以來第一次有女孩子跟我說她喜歡我，我簡直都快樂翻天了！就算現在死了也無所謂！

但是——但是我為什麼就不能說聲「我願意」來回應她的心意呢？為什麼連拒絕的理由都說不出口呢！

我實在太差勁了——

當我忍不住移開視線時，又聽見黑貓的聲音這麼問道：

「你還在猶豫嗎？」

「…………」

不知道該怎麼回答。可能是我狼狽的樣子讓她幻滅了吧？只聽見黑貓嘆了口氣：

「真是沒用的男人……」

一點都沒錯。這幾天我對自己的評價也是一路下滑。原本以為這一年來我已經有所改變與成長了——為什麼還會這個樣子呢？

「一點勇氣都沒有的垃圾……」

「隨便妳怎麼說吧……」

「哼……」

她用平時常聽見的語調說出帶著演技的嘲笑。剛認識時覺得她實在很做作，但曾幾何時已經習慣她這種口吻，發現自己聽見這種聲音反而覺得安心。

我稍微輕鬆了一些，「呼」一聲地吐了一口氣。這時溫柔的嘲笑聲再度響起：

「算了……跟我想的一樣。其實我本來就知道你應該會是這種反應而向你告白的。」

「這是什麼意思！」

黑貓說了句「誰知道？」後，便又微笑著繼續表示：

「我連你這種沒用的地方都喜歡。」

「！」

這突然講出來的台詞隱含著讓我面紅耳赤的破壞力。到剛才為止都像快哭出來的黑貓，現在身上竟然纏繞著蠱惑的氣息。

「怎麼？你在害羞嗎？」

黑貓嘻嘻笑著。

「嗯……這樣的話……看來只有這麼做了。」

我忽然感到一陣發冷。

「吶……」

黑貓朝我逼近了一步。

我不由得往後退了一步。

「……為什麼要逃走？」

調侃般的甜膩聲音將我的腳纏住，讓我完全無法繼續移動。

「沒……沒有……」

我吞下一大口口水。這傢伙到底想幹什麼……

兩人單獨待在無人的校舍後面，這種與過去相同的情況當然讓我相當在意。而黑貓就這樣緩緩靠近我，在我眼前停了下來。

這已經是可以互相擁抱的距離。

但這可不是學長學妹之間的距離。當然也不是好朋友之間的距離。

而是戀人之間的距離。

「…………」

「…………」

黑貓眼珠朝上看著我，用有些撒嬌的聲音叫了句：「學長？」

接著她靜靜踏出一步，將嘴唇朝我靠了過來。

我的視線頓時一片模糊，腦袋想起她嘴唇親在臉頰上的觸感。

時間就像完全暫停一般——而黑貓她……

「請到那裡正坐！」

說了這麼一句話。

「……咦？」

我心裡的聲音直接衝口而出。這傢伙……剛才說了什麼？

「……妳……妳說什麼？」

「我說請你到那邊去正坐。」

黑貓指著地面說道。

「……這……這裡是路面耶？」

「你這垃圾！對自己的待遇還有什麼話說嗎？」

「沒有……」

我只好按照她的指示，姿勢正確地在地面上正坐。

……這是怎麼回事？剛才不是叫我到校舍後面來向我告白嗎？

接下來到底想做什麼？說教嗎？

黑貓發出「嗯嗯」幾聲調整了一下喉嚨……

「學……學長……」

黑貓一臉緊張地叫了我一聲。我因為被她影響整個人也變得十分僵硬。

「有……有什麼事呢……？」

「你討厭我嗎……？」

「怎麼可能！」

「這……這樣啊。」

黑貓看起來像是鬆了一口氣。

「那……那……那個……你……」

「我？」

「你喜歡吃便當嗎？」

「便當？」

叫人家在地面上正坐，為什麼會提到便當的話題？

「……和我交往的話，我每天都幫你做便當。哼——這樣你覺得如何？」

「什麼如何……」

難道說，這是……

「別……別看我這樣，我可是很會做菜。能力不會輸給田村學姊。雖然沒辦法教你功課…

…但絕不會影響到你的學測……而……而且，如果願意的話，我也可以幫你做衣服……還可以一起cosplay……當我男朋友的話，可是有很多好處唷。」

高傲的口吻早已經消失無蹤，全身僵硬的黑貓甚至還微微發抖。

她的聲音變得相當尖銳，講話速度也變得相當快。

「黑貓……」

「什……這樣還不夠嗎？真是貪心的雄性動物啊。嗯……哼……我還能做的事情有……」

黑貓垂下視線煩惱了一陣子之後——忽然又瞪大了眼睛。

「啊……咦？咦咦？那……那個……」

噗咻……她的臉紅得像要冒出水蒸氣一般。

「喂！妳剛才在想像什麼？別用那種快哭的眼神看著我！」

「我……我才沒想什麼色情的事情！」

從她的反應就知道絕對有想！

「就是這樣——」

黑貓像要改變話題般，「呼」一聲吐出一口灼熱的氣息，又用通紅的臉偷瞄了我一眼。

「……你覺得如何？」

果然。

剛才一連串的話確實很難懂……但似乎是她自我推銷的時間。

竟然故意要對方正坐，然後明明馬上露出破綻，也還是裝出一副高傲的模樣……

……怎麼會有如此笨拙的傢伙！

「呵……」

「你……你在笑什麼？」

「——沒有，謝謝妳喔。我真的感受到妳的心意了。」

黑貓像是生氣般緊閉起眼睛，用鼻子哼了一聲。

「還不算正式傳達給你知道。我只說一次……你仔細聽好囉。」

我一抬頭，馬上看見黑貓以非常溫柔的眼神凝視著我。

「——我喜歡你。我會永遠永遠喜歡你。雖然認識你才不到一年的時間……但這份心情絕對不會輸給任何人。無論是我的身體毀滅，或者是這個世界消失——」

「就算是下輩子，我也會喜歡你。」

這種直率到有些誇張的告白，確實很符合她的個性。不過一聽就讓人知道，這毫無疑問是她的真心話。

在這種帥氣言語的攻擊下——

「請讓我考慮一下吧。」

我卻只能狼狽地伏下身子，講出這種丟臉的回答。因為我沒辦法隨便回應她的心情。但也不能因為連自己都不清楚的「理由」而拒絕她的心意。

說老實話好了——黑貓的心意實在讓我太過高興，她告白的模樣也實在太過可愛，結果讓我現在快要發狂了。

等待我回答的黑貓似乎咀嚼並且考慮了一下我說的話。

隔了一陣子之後，她才靜靜點了點頭並且說：

「好吧。明天慶功宴結束後，告訴我答覆。」

「嗯。」

勉強壓下滿腔情緒的我也點點頭。

黑貓轉過身子，往前走了幾步之後忽然又停下腳步。

「……原本想把這個當成最後的手段。但我不想因為沒盡全力而在事後感到後悔，所以我還是先跟你說吧。」

她回過頭來，像是要講什麼決定性的台詞般，以認真的聲音說：

「如果學長希望的話……我也可以戴上眼鏡。」

「……這倒是個很棒的提議。」

從學校回家的路上，我一直想著黑貓的事情。

她的身影一直在我腦海裡揮之不去。她給了沒用的我一些考慮的時間。

「慶功宴之後嗎……」

——這次一定不能搞砸了。

當然我指的不只是給黑貓的回答而已。

明天中午過後，我們要舉行夏Comi的慶功宴。

就是沙織精心幫大家設計，但卻給我們幾個人搞砸了的那場派對。

這次一定得成功才行。

我一邊這麼想一邊進到家裡，結果馬上就發現桐乃在客廳的沙發上看雜誌。

她穿著符合夏天氣息的熱褲，整個人彎著膝蓋蹲坐在沙發上。

「…………」

這種模樣真是害人不知道該把視線放到什麼地方才好。

「我回來了。」

「……嗯。」

桐乃眼神沒有離開雜誌，冷冷地這麼答了一句。

現在我們兄妹間正處於一種相當難以形容的狀態當中——

我想可能有些人已經忘記了，我就再幫大家複習一下吧。

昨天桐乃帶了男朋友到家裡來。

我因為這件事很不高興，最後因為過於擔心而暴走了。

我不但說了「希望妳不要跟男生交往」的真心話，還大言不慚地對桐乃的男朋友說出——

「想跟桐乃交往的話，先得到我的認同再說！你必須讓我承認，你會比我更加珍惜桐乃！」

……就連我自己也覺得幹了一件蠢事。

但是，那時候我實在不得不這麼做。

至於大放厥詞之後的結果嘛……就是發現「我交男朋友了」根本就是桐乃所說的謊言。

為什麼桐乃要做這種事呢？

我到現在還是沒辦法問她，而且我想今後也不會再提到這件事情了。

這樁「男朋友騷動」結束之後才過了一天。

老實說……我現在根本不知道該怎麼面對她。

不過我想她應該也一樣才對。

「喂……」

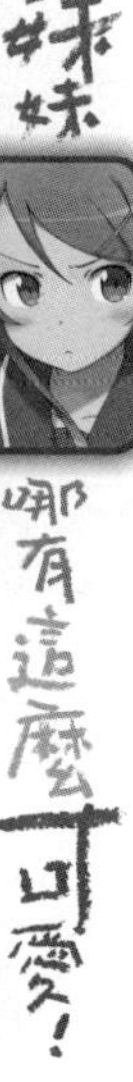

出乎意料之外的，桐乃竟然隨口對我搭話。

「……什……什麼事？」

「你去哪了？」

「學校啊，稍微有點事。」

「喔……」

聽起來就是完全不感興趣的口氣。桐乃依然維持蹲坐的姿勢看著雜誌。根本連看都不看我一眼。

「我說啊——」

「嗯？」

「發生什麼事了嗎？」

「沒有啊。」

「喔——」

這傢伙是怎麼了？我雖然覺得驚訝，但還是走到廚房去喝麥茶。

回到客廳之後，桐乃像是算準時機般拋下手中的雜誌。

「好吧。」

她說完後伸了一下懶腰，翹起裸露在外的雙腳。

接著桐乃便對嚇了一跳的我發出嚴厲的「喂」一聲。

「什……什麼事？」

「過來這裡。」

桐乃邊說邊彎曲手指做出過來的手勢。

我按照她的指示走過去之後，她便命令我：「把桌子移開！」雖然不知道她到底在想些什麼，但感到害怕的我還是不敢違抗她。

「……這樣可以嗎？」

「嗯。」

嘴巴閉成ㄟ字型並點著頭的桐乃，指著桌子移開後的空間對我說：

「現在在那邊正坐。」

「啥？」

「什麼『啥』？我不是叫你在那裡正坐嗎？沒聽見啊？」

「…………」

吵死了！這傢伙在說什麼！

態度惡劣到讓我忘了幾秒鐘前的尷尬。

「嘖！快點！」

「好好好！這樣可以了吧？」

我自暴自棄地照她的指示正坐。

這到底是怎麼回事！我剛剛才被女孩子命令正坐的耶！

「幹……幹嘛啦？」

桐乃看著我這麼說：

「當然是關於昨天的事啦。」

「咦咦？」

「你幹嘛那麼驚訝？這很正常吧？」

「沒有啦……」

明明才剛說過「我想今後也不會再提到這件事情了」……結果現在就要講昨天的事情嗎？

「不說清楚的話總覺得煩人。而且也不想讓你有什麼誤會。」

「是……是喔……」

「你究竟知不知道自己做了什麼事？」

「嗯嗯，我知道。」

「真的嗎？」

真的知道啦。

「不過……我自己也說了謊……所以也有不對的地方……」

桐乃撩起頭髮，稍微瞄了我一眼之後馬上又把臉轉到旁邊去。

「你啊……如果我帶來的真的是我男朋友的話……那怎麼辦？」

「這個嘛……」

我考慮一陣子後才開口說：

「我當然同樣會那麼做喔。因為在知道真相前，我一直認為那傢伙真的是妳男朋友啊。」

「就是你還是會說『我希望妳不要跟男生交往』、『想跟桐乃交往的話，先得到我的認同再說！你必須讓我承認，你會比我更加珍惜桐乃！』這些話囉？」

「是……是啊。」

幹嘛還特別講一次啊？真是羞死人了。

「是嗎？那……接下來呢？如果我沒說出御鏡是假男朋友，而他也是真心喜歡我，開始認真說服你的話……那又怎麼辦？」

「這個……」

妳問這是什麼問題嘛？

我一點都不想考慮這種狀況。

如果桐乃真的交了男朋友，兩個人彼此相愛，根本沒有我插手的餘地……那麼我……我會就此承認桐乃的男朋友嗎？

「誰知道啊……」

當我把臉轉向旁邊裝傻的瞬間，桐乃馬上用穿著襪子的腳戳我的臉頰。

「給我好好回答！」

「～！」

這死小鬼！我只好一邊搔著頭一邊說：

「如果妳真的交男朋友的話——」

「交男朋友的話？」

「我應該……」

「應該？」

「…………會哭。」

「這是什麼答案？」

可能是被這出乎意料的答案嚇到了吧，只見桐乃歪著頭這麼問道。

「……先揍他兩、三拳，再好好和他談談，如果……對方真的是個可以放心的傢伙……妳也喜歡他的話……我也只能哭了吧。雖然不願意，雖然很不願意……但我還是不會阻止妳。」

我老實回答了。雖然一定會被嘲笑，但我還是覺得不能夠說謊。

「喔——是這樣嗎……」

結果桐乃只是低下視線並點了點頭，接著忽然像變了個人似地「噗」一聲笑了出來。

「你這個超級妹控！噁心死了！」

「隨便妳怎麼說！」

「好啦好啦……」

不知道是害羞還是生氣，我的臉頰感到一陣火熱。

桐乃一副樂在其中的模樣，又繼續追加攻擊：

「還有啊——你呢——不是說『會好好珍惜妹妹』嗎？」

「嗚啊！」

殺了我！拜託妳乾脆殺了我吧！我因為尚未痊癒的傷口又被刨開而開始掙扎。

「既然說要珍惜我——那有什麼具體行動呢？」

「哪有什麼行動……」

那種事情誰知道啊？我當時只是順勢說出來而已。

「難道你根本沒想過嗎？那還敢開口說這種大話！」

「…………」

雖然她說的一點都沒錯，但哪有人這樣要求的呢……我考慮了一陣子後才說：

「那……我就幫妳做一件事當成之前事件的賠罪吧。盡量說沒關係。」

「真的嗎?什麼都可以嗎?」

「只要是我能辦到的。」

看是要送禮物還是什麼都沒關係!連去幫妳買十八禁遊戲也無所謂!

「那麼——嗯……」

桐乃將食指放在嘴唇上開始考慮了起來。最後像是想到要我做什麼般，緩緩地將雙手環抱在胸前，並且轉過頭去說：

「如果最近有『你很重視的女孩子』跟你告白，那麼請你……好好考慮一下吧。」

「因為那個女孩是真心喜歡你的。」

——隔天早晨。暑假的下半場戰爭開始了。

這時我正朝著田村屋走去。

今天中午過後，我們社團「神聖黑貓騎士團」將在高坂家舉行夏Comi的慶功宴。我是為了買活動的點心而到那裡去。

「不知道在搞什麼——」

雖然不知道為什麼，但我卻感到非常沮喪。

當聽見妹妹交了男朋友時，我是那麼地慌張與厭惡……

但妹妹卻認為我交女朋友不是什麼大不了的事。

我在這邊再次強調——我非常討厭桐乃。

這一點依然沒有改變。

但事到如今，我也應該承認——自己是有那麼一點妹控的傾向了。

而我是在認為桐乃交了男朋友之後——才有了這份自覺。

雖然原本就有點這種感覺了，但到了那個時候才算首次清楚意識到這件事。

桐乃，妳是希望妳哥哥能察覺對吧？

桐乃的冒牌男友——御鏡曾經這麼說過。

「原本以為他指的就是這件事情……」

還是說我猜錯了？

我的妹妹故意讓我發現自己是妹控之後，又允許我交女朋友嗎？

「咿……」

看來我確實是想錯了。在意自己曾說過「不要交男朋友」的我，簡直就像個笨蛋一樣。

我帶著焦躁的心情走在路上，不久後便看見田村屋。

穿著圍裙的麻奈實就站在店門口，一看見我的臉便對著我招手。

「小京～」

「嗨！」

我還是一樣，一看見麻奈實的笑容就有種安心感。於是我的腳步也自然變得輕鬆，在無意識中開始小跑步了起來。

「來，這個拿去。」

「謝啦。」

我接下麻奈實遞過來的袋子，裡面裝有我事先預定好的糕點。

「要不要吃點什麼？你肚子餓了吧？」

「為什麼妳老是覺得我肚子餓呢？」

就是這種地方讓我老是想起過世的祖母。

「不了，我今天還是先回去吧。」

「這樣啊～」

「對了對了，我還得跟妳道謝呢。謝謝喔——託妳的福，我才沒被綾瀨給殺掉。」

麻奈實瞬間出現「你在說什麼？」的表情，但馬上就理解我的意思而發出「啊——」一聲，之後便合起手來。

「你當了桐乃的男朋友對吧？」

「……別挖苦我了。事情妳應該都聽綾瀨說了吧？」

「嗯，其實我早聽說了。」

她哈哈笑了起來。

「兄妹哪能夠交往啊？但這根本不重要……」

「不重要？」

「算了，沒事……」

糟糕，我是想對麻奈實說什麼啊？

在半途將幾乎快吐露的心聲縮了回去後，麻奈實便一直凝視著我的臉。

「小京你有事想找我談吧？」

「沒有啊，哪有什麼事？」

我心裡雖然震驚，但還是不動聲色地這麼回答。

「嗯——」

結果麻奈實的臉忽然往我這邊靠近。兩個人的鼻子幾乎已經要靠在一起了。

「幹……幹嘛啦！」

麻奈實臉上露出了微笑說道：

「你臉上就寫著『我想要麻奈實聽我說說話唷～』！」

「什麼！」

我馬上摸了一下自己的臉。

「妳在說什麼啊？我臉上才沒寫呢。」

「有。」

「沒有。」

「明明就有唷～？」

「就跟妳說沒有了！」

「小京真是固執耶～」

「妳才死纏爛打呢。」

還有臉也太近了吧！

「我才沒什麼事情想找妳商量呢。」

我把臉轉到一邊，結果麻奈實還是用非常平穩的口氣說：

「小京……」

「哼哼～」

「——我要生氣囉？」

「對不起！」

我當場就向她道歉。因為麻奈實已經對我發出睽違三年的生氣宣言。

這女人雖然絕對不會真的生氣——但你也絕對不能讓她真的生氣。

我比任何人都清楚這件事。老實說，跟真正生氣的綾瀨相比，認真生氣起來的麻奈實要恐怖多了。綾瀨她最多也不過是會把我給殺了而已，但要是讓麻奈實真的生氣，我就會嘗到比死還要恐怖的體驗。

由於我實在不想再次有那種經歷。於是我便深深低下頭，認真地開始反省：

「抱歉我說謊了！我確實有想跟麻奈實商量的煩惱！但真的很不想告訴妳！所以——」

「那個……我知道了，所以不要在我們店門口下跪好嗎？」

「啊！」

回過神，才發現進出田村屋的客人正因為看見我下跪而僵住了。

而且還全是些年輕的女客人——

「（竊竊私語）討厭啦，高坂同學向田村同學下跪了……」

「（竊竊私語）劈腿終於被發現了嗎？現在是在道歉？」

「仔細一看才發現，這不是我們班上的女生嗎！」

「你現在才發現嗎……小京真的馬上就會看不見周圍的情形耶……」

「抱歉。」

……啊啊，看來我在班上的風評已經完蛋了。

暑假結束後，我便多了一個「下跪男」的新綽號。不過這又是另外一回事了。

雖然說我養成馬上就下跪的壞習慣是不爭的事實就是了。

「你……你先站起來吧。我們到後面去。」

「喔……喔。」

我和麻奈實逃走般地跑到田村屋後方。

接著再度面面相覷。

然後呢，雖然實在有點不好意思，但我還是得對這傢伙說一遍同樣的台詞。

我一邊搔著臉頰一邊微笑著說：

「……謝謝妳啊，麻奈實。」

「咦？為什麼要謝我？是謝我看著你下跪嗎？」

「才不是！妳剛才不是發現我有煩惱，然後還硬要我說出來嗎？」

今天如果立場互換的話，我也會這麼做。

「我只是因為有點在意才會問的。你跟我道謝，我反而覺得困擾唷。」

「這樣啊……」

沒錯。我和麻奈實就是這種關係。

所以我才能夠向她吐露真心話。

「確實有事情讓我很煩惱。但實在很不想告訴妳。」

「嗯。」

「所以——」

「應該是黑貓小姐的事情對吧？」

「——沒辦法找妳商……咦咦？」

由於麻奈實嘴裡太過輕易便出現正確答案，讓我不禁表現出最真實的反應。不會吧？這傢伙真的是千里眼嗎？

「猜……猜中了嗎？」

麻奈實「啪」一聲雙手合十露出微笑。

「妳……妳……是瞎猜的嗎？」

「也不算唷。我本來就覺得應該是這件事了。小京知道自己和黑貓小姐已經在校內引發許多謠言了嗎？」

「……不……不知道。」

經她這麼一說，我才想到自己不但去一年級的教室找黑貓，還找她一起吃午飯、一起加入社團、一起回家……盡做些容易惹人誤解的事情。

所以難怪會變成人家八卦的題材。

「所以我可以想像出大概是怎麼回事。站在你的立場來想，也大概可以知道你不想找我商量的理由了。」

「……原來如此。但是……」

妳為什麼還這麼替我著想呢？

麻奈實似乎光從我的視線就知道了我內心的想法。

「如果小京因為黑貓小姐的事情而煩惱，那我便有些話要對你說。」

麻奈實就像自言自語般不停說著話。而她所說的，應該就是為了幫助我的建議吧。

這傢伙從以前就是這樣了。

只要我有困擾，她就一定會察覺並且幫我的忙。

提供她老奶奶的智慧。

幫我做人生諮詢。

現在想起來，我最近之所以常打著「人生諮詢」的名號到處管別人閒事，可能就是受到麻奈實這個師父的影響吧。因為自己聽取建議之後會感到很高興——所以也想讓別人嚐嚐這種高興的滋味。

她實在是我人生裡的一盞明燈。

這便是我對麻奈實的評價。

「啊。小京，你是不是會錯意了？接下來要說的可是我的真心話唷。」

麻奈實迅速豎起指頭這麼說道。

這是她溫柔說教的準備姿勢。我滿喜歡看見青梅竹馬的這個動作。

「我會嚴厲地批評你。要做好心理準備唷。」

「……嗯。我洗耳恭聽。」

「嗯……」

麻奈實有些不好意思的樣子，只見她臉頰微紅地乾咳了一聲，然後才開口說：

「小京，你要好好面對黑貓小姐的感情。」

「知道了——」

聽見這宛如來自姊姊的告誡之後，我乖乖地點了點頭。我可以說從小就不斷被這個青梅竹馬一路罵到大。對這種一點都不嚴厲，但卻能打動內心的言語已經相當熟悉了。

「不要著急，仔細考慮之後，要確實忠於自己的感情。」

「了解了——」

這個有時候像母親、有時候又像祖母。

像是妹妹又像是姊姊，也像是真正家人般的青梅竹馬——

「只要覺得痛苦，不用客氣，無論什麼時候都可以來找我唷。」

「好——」

「嗯，很好。」

說完她馬上露出燦爛的笑容。

她看起來就像要撫摸我的頭一樣。現場充滿了這種從以前就一直跟在我身邊的懷念氣氛。

感覺就像待在可愛又溫暖的家裡一樣。真是的……根本一點都不嚴厲嘛。

「話說回來，小京之前還只是個小鬼頭而已，日子過得真是快啊。」

她發出「嗯嗯」的聲音，一邊把手放在臉頰上一邊點頭。

「妳是我奶奶嗎？妳這傢伙真的一點都沒變耶……」

「耶嘿嘿……啊，我差不多該回店裡了。」

「這樣啊。那我也要走了。謝謝妳幫了這麼多忙——」

「嗯。」

戴眼鏡的青梅竹馬像往常一樣這麼對我說：

「路上小心唷，小京。」

「——嗯嗯，那我回去了。」

中午過後，黑貓和沙織終於到我們家來了。沙織還是一貫的御宅族裝扮，而黑貓則是——哥德蘿莉的模樣。如果她以向我告白時的模樣出現，那我一定無法保持心情平靜，所以某種意義上來說我也算是鬆了口氣。

夏Comi的慶功宴，我們接下來便是要重新舉行這場曾經失敗過一次的歡樂活動。

「叨擾府上了。」

「午安——」

「喔，歡迎歡迎。快進來吧。」

兩個人看起來都跟平常沒有兩樣……不過我想黑貓應該只是裝出來的而已。仔細一看，就能看見她戴著有色隱形眼鏡的眼珠已經充血了。因為就連被告白的我，昨天晚上也一夜沒睡。

所以現在像我這麼遲鈍的人，也能夠察覺黑貓的心情。

將兩人帶到客廳之後，正在進行派對準備工作的桐乃也注意到客人已經來了。

「啊，妳們來啦。」

她的口氣雖然冷淡，但表情卻相當溫和。

桌子上已經擺好由田村屋拿來的和菓子以及桐乃泡好的茶。

「喔喔，準備得很周全嘛。那麼我們馬上就開始慶功宴吧。」

「嗯嗯。」

但是，在那之前還得先完成一件事才行。

「喂，黑貓、桐乃。」

我們幾個人互相看了一眼並點了點頭，接著便面向沙織排成一列。

「唉唷？」

沙織露出疑惑的表情歪著頭，我們則是一起低下頭——

「上次真的很對不起！」

我們為了將上次的慶功宴搞砸而道歉。

「哎呀哎呀。哈哈哈，怎麼這樣呢～大家這麼客氣在下反而會覺得困擾啊。」

因為驚訝而搔著後腦勺的沙織頭上，似乎已經浮現「笑嘻嘻」這樣的形容詞了。

她發出「啊哈哈～」的害羞笑聲，轉身背對著我們。

雖然我本來就認為沙織應該會這麼說了……但實際聽見之後還是鬆了一口氣。

我和桐乃以及黑貓都算放下心中的一塊石頭。

「搞……搞什麼嘛，她根本沒什麼生氣啊。是誰啦～？說沙織一定在生氣的……」

「不就是妳嗎？還在電話裡哭哭啼啼地說『怎麼辦啦～她這次一定會生氣～』。」

「我……我才沒哭哭啼啼呢！」

桐乃和黑貓的吵架似乎也證實我們幾個人之間的關係已經恢復到跟過去一樣了。

「真的很抱歉啊，沙織。上次完全是我們的錯。妳要生氣也沒關係唷？不用客氣。」

我想剛好趁這個機會讓她將壓抑在心底的怒氣完全發洩出來。

「哎呀哎呀，在下完全不在意這點雞毛蒜皮的小事，所以大家也不必掛懷唷——」

「你們以為我會這麼說對吧？」

「咦？」

突然改變口氣的沙織讓我們感到很害怕。這時候將身體轉回來的沙織，已經換掉了臉上的眼鏡。不知道什麼時候，她已經戴上我們到她家去玩時那副太陽眼鏡。

「你們幾個傢伙給我到那裡排好正坐！」

咦咦咦！

「什……什麼？」

「快點給我去正坐。」

糟糕，槇島小姐生氣了。

啪啪啪啪！我們幾個根本連交換眼神都不用，馬上就按照她所說的到了定位。

高坂京介，兩天以來已經是第四次正坐了。

「…………」

站在我們面前的沙織就像桐乃那樣將雙手環抱在胸前。由於她異常高大，所以擺出生氣的姿勢也特別有壓迫感。平常態度高傲的桐乃與黑貓那種縮起身子反省的模樣實在非常滑稽，若不是我跟她們處於相同立場，一定早就笑翻了。

「哼……」

在我身邊正坐的桐乃在身後用手捏著我的腳。

這應該是「都是你跟她說生氣也沒關係，快想點辦法！」的意思。

……是是是。我知道了。

「那個……沙織小姐？」

「那邊！是誰准你說話的？」

「對不起！」
好恐怖——比讓她看見貼鑽鋼●時還要恐怖……
然後桐乃和黑貓不知道什麼時候已經躲到我身後，眼神根本不敢直接和沙織相對。這兩個傢伙太狡猾了，把人當成盾牌……
「……！」
憤怒的沙織咬緊牙關。
「……我真的很害怕。想說如果大家又各分東西了該怎麼辦……真的快嚇死我了！」
沙織不停揮舞緊握的拳頭，完全將怒氣散發出來。
跟沙織感情很好的御宅族集團曾經在她眼前分崩離析，所以她才會那麼恐懼。
她一定比我們幾個當事者還要害怕這種事發生吧？
沙織拿下太陽眼鏡，用手帕擦了擦眼淚。
「……但是，大家能夠再度聚在一起真是太好了。」
宛如大人般的生氣動作瞬間消失，剩下來的只是一個想法消極又怕寂寞的女孩子。
「抱歉。」「對不起。」「是我不好。」
我們幾個人發自真心地向她道歉。
但重新戴上太陽眼鏡的沙織卻把臉轉到一邊，生氣地說著「饒不了你們」。

「為了處罰你們，今天我要盡情地玩。還有，至少今天不要吵架啊。給我好好相處，知道了嗎？」

「咦？」

「還不快點回答——」

原本以為——眼鏡改變，個性也會跟著改變。

結果本質上似乎仍然沒有改變。

正坐的我們彼此互看了一眼之後，異口同聲地回答「知道了」。

慶功宴就這樣開始了。我們圍著桌子坐在沙發上，形成黑貓坐在我身邊，沙織與桐乃則坐在我們對面的狀況。

「那麼，我們要玩什麼呢？」

我首先提出這個問題。

「梅露露第三季終於開始在千葉播出！我已經錄下來了，所以大家就一起來觀賞吧！」

率先這麼回答的當然就是桐乃了。

黑貓則是百般不願意地吐槽說：

「……為什麼得在夏Comi的慶功宴裡看梅露露呢？」

「夏Comi裡看到ＰＶ之後，我就羨慕住在東京的人羨慕到快死掉了，因為他們可以最先看到新的梅露露！這次的戰鬥畫面比上一季還要精采，而且作畫也更棒了！」

完全沒有聽人講話。

「……那是因為是第一集吧？我看ＰＶ時覺得動作確實相當激烈，但那很明顯是工作人員爆肝後做出來的成果。別以為可以一直維持這種水準啊。」

「妳看到最後一集才來說這種話也不遲。」

「哎呀哎呀，妳們兩個人別吵了。首先來為我們『神聖黑貓騎士團』的同人誌完售乾杯吧！」

「唔……」「說的也是。」

桐乃和黑貓吵架，然後沙織加以調解。原本以為已經崩壞的羈絆，看來比想像中還要堅固，不是想切就能夠切斷的東西。

如果是我們幾個人的話，應該能永遠這樣下去——我心裡忽然有這種感覺。

「乾杯！」

裝著果汁的杯子發出互相碰撞的聲音。

這時，我們的夏Comi才算正式結束了。

「我們同人誌的評價如何？有什麼迴響嗎？」

我緊張地問道，結果黑貓卻無奈地回了我一句：

「只有印五十本而已，怎麼可能有什麼迴響呢？」

「……是這樣嗎？」

真是太讓人失望了。好不容易製作出來的同人誌，當然會想聽聽看別人的感想啊。

看見我落寞的表情之後，黑貓急忙補充了一句：

「嗯……在網路上搜尋一下，可能還是能找到一、兩個寫出感想的人吧。」

「不知道算不算感想，不過你cosplay的那幾頁都被人放到網站上去囉。」

桐乃說道。

「真的假的？」

「嗯，不過我勸你還是別看比較好。」

「咦？什……什麼意思？難道我的cosplay沒有在網路上獲得廣大的好評？」

「…………」

「喂！為什麼要默默移開視線！」

可……可惡。實在太讓人在意了，之後我自己上網找吧……

之後——我在cosplay綜合網站上看見自己的cosplay照片被人家拿來當成搞笑的梗而當晚淚濕枕頭，不過那也是另外一回事了。

「算了。對了桐乃，我今天有東西要給妳看。」

「啥？」

對面的妹妹露出不屑的表情雖然令人很不爽，但我還是忍了下來。除了和沙織大小姐約好「今天不能吵架」之外，還有——咳咳，大家聽好囉……

我已經下定決心要做一個「好好珍惜妹妹的哥哥」了。

雖然假男朋友騷動才結束不到幾天的時間，但我已經攪盡我那稀少的腦汁想了許多關於桐乃的事情。我可以說已經很久沒有這麼煩惱過了。

當時因為桐乃半途就哭出來了，所以沒辦法問她為什麼要那麼做。

「還不都是你……你……！」

我——我怎麼樣了嘛？

難道……她要說你才是我喜歡的人嗎……應該不會吧？

因為我們是兄妹啊。不可能會發生這種事情。二次元和三次元終究還是不同。

因為這次的事件，讓我了解桐乃是我相當重要的妹妹。

不對——應該說自從最討厭的妹妹找我人生諮詢的那天開始，我就漸漸注意到這件事了。

跟她一起找有相同興趣的朋友、為了保護妹妹的興趣和老爸對決。

當她對我說「謝謝」時，一個不小心就覺得她有點可愛。

此外還和妹妹那宛如惡魔般的好友對決，自毀形象來幫助她們合好。

聽到她惡作劇說「我說不定也喜歡你」時，雖然懊悔但我還真的產生了動搖。

即使知道這是對妹妹的嫉妒，我也還是為了保護那傢伙的作品而到處奔走。

看見妹妹那無邪高興的笑臉，我也能發自內心地感覺「真是太好了」。

某一天妹妹忽然不見了，我才知道——她對我來說究竟有多重要。於是當我發現妹妹遭遇危機時，便馬上衝到國外去哭著求她跟我回國。

然後就是妹妹交男朋友的時候。我打從心底講出了「我不把她交給任何人」任性到不行的真心話。

她讓我發現了自己是個妹控。

當然她本人可以說完全沒有那種意思。

這簡直就像我——不斷被桐乃給攻略了一樣。

我完全無法理解妹妹的想法。但我認為這沒有關係。不管那傢伙是不是討厭我，一旦發現自己是妹控之後，我的內心就不會有任何改變了。

希望我跟妹妹的感情能夠更好一點。

所以我要從能做到的事情開始著手。

「你有東西要給我看？」

「是啊。嗯……妳等一下喔——」

我從褲子口袋裡拿出手機，接著把它伸到桐乃面前。

「啥？手機有什麼好看的？」

「哼……妳要看背面啊，桐乃。」

我把手機轉過來，把貼在背面的……

「我和桐乃的熱戀雙人大頭貼」現給她看。

「我把這個貼上去囉～嘻嘻♡」

「呀————!!!」

桐乃就像被熊襲擊一樣發出巨大悲鳴。

「你！你你你你你你……你在幹什麼啊？」

「只是把我們拍的大頭貼貼在手機上而已啊。」

「少給我裝死！還我！」

桐乃立刻揮舞著手臂想把我的手機搶過去。

「唉唷！」

我敏捷地迴避了她的搶奪。接著站起身來伸長了手臂，繼續躲避桐乃的追擊。

「什麼叫還妳。我高興在手機上貼什麼是我的自由吧！」

「那也不用貼那張大頭貼啊！」

「順帶一提，我把手機的待機畫面換成妳穿泳裝的照片了。」

「去死吧——！」

桐乃像肉食動物般向我撲過來。我整個人「咚磅——！」一聲地倒在沙發上。

「咕哇！嗚嘰嘰嘰……！」

「交・給・我……！」

想搶手機的妹妹以及不讓她得逞的我之間，開始了一場密著狀態的戰鬥。

原本以無奈表情看著我們的沙織，忽然發出了「噗噗」的爆笑聲。

「哎呀哎呀——京介氏應該是有了某種心情上的轉變吧！」

「……我大概可以想像得出來，不過他的想法怎麼老是那麼低級……這樣看起來只像是把性騷擾的對象擴大到妹妹身上而已。」

雖然遭受黑貓她們許多批評，但我現在根本沒空理會這件事。

「叫你拿過來沒聽見嗎！這個色情狂！」

「我不是色情狂！老爸不也在收集妳的寫真集嗎！我只是和他一樣而已！」

「完全不一樣！你很明顯就是為了色情的目的而收集！」

「妳這是什麼話！」

這時黑貓忽然吐槽了正在吵架的我們。

「……不是剛跟沙織約好『今天不能吵架』了嗎！」

「這不是吵架！是為了維護我尊嚴的正當抗爭！」

「唉……真拿你們沒辦法。」

……雖然這只是一點小插曲，不過我為了將「熱戀雙人大頭貼」貼在手機上而準備從自己房間的隱藏地點將它取出來時，發現「屬於桐乃的那一份大頭貼」已經不見了。

之後我好不容易才讓桐乃冷靜下來，接著大家便一邊吃著點心一邊聊天，最後還一起看了梅露露第三季的第一集。

不久，慶功宴結束了，我將沙織與黑貓送到半路上。雖然平常我不會這麼做，但今天可是有特別的理由。

「那麼在下就先告辭了。」

「嗯。」

「沙織……那個……」

「哎呀，怎麼了呢？黑貓氏。」

「謝謝妳。」

黑貓悄聲地說出坦率的話語。

「…………」

忽然被人道謝的沙織可能是感到有點困惑吧，沒有馬上做出反應。

連我也不清楚黑貓道謝的意思。但她接下來的一句話馬上讓一切明朗了。

「謝謝妳那時候邀請我參加二次會。」

「——————」

「我今天真的很高興。之前夏Comi的時候也很高興。然後和大家一起玩的時候當然也很高興。自從遇見你們，我每一天都過得很快樂。所以我要謝謝妳。都是託妳的福。」

「黑貓氏……妳是想讓在下哭嗎？」

妳已經在哭了吧？

沙織拿下眼鏡，用衣袖擦了擦眼淚，然後這麼回答：

「我才要請妳今後也多多指教呢。」

應該是有些不好意思了吧。黑貓沒有回答只是羞紅了臉。

和沙織分開後——我和黑貓兩個人走在路上。

忽然一陣讓人胸口緊繃的沉默降臨在我們之間。

「…………」

「…………」

「那個……」

「嗯！什……什麼事……？」

只是稍微搭個話，黑貓竟然就發出巨大的聲音來回答。

「說起來我還不知道妳家在哪裡耶。距離我家很近對吧？」

「咦……？」

黑貓安心地吐了口氣，然後以不滿的眼神瞪著我。

「嗯……不算太遠。」

「這樣啊。那我送妳到家裡附近吧。」

「是嗎……」

於是我們兩個人便漫步在紅色夕陽當中。

「那個……」

「嗯？」

「沒有啦……關於cosplay的照片……」

「怎麼了？」

「很高興能和你一起拍照……」

製作夏Comi的同人誌時，我和黑貓一起去買數位相機、一起穿上服裝還一起拍了照片。不過這是我自我感覺良好所提出的點子，其他人根本不怎麼贊成就是了。

「這樣啊。我也很高興啊。下次再一起拍照吧——」

「嗯……」

我們一邊斷斷續續地對話一邊走著。

「那個……」

「嗯？」

「……滿帥的。」

「哈哈，謝啦。」

這雖然是後話了——但黑貓這句話可以說給了我很大的鼓勵。

就這樣走了一陣子之後，黑貓很捨不得似地開口說：

「……送到這裡就好。我家馬上要到了。」

「是嗎。那就這樣吧。」

「嗯……」

我們停下腳步，緩緩看著對方。

「我說黑貓啊……」

「什……什麼事？」

黑貓在裙子前合起雙手，還低下了頭。她的肩膀正不停發著抖。白色臉頰染上了夕陽，光滑的黑髮隨風飄揚。

服裝雖然不同，但其他情景簡直就跟昨天告白時完全一樣。

黑貓給了沒用又猶豫不決的我一天的考慮時間。

我這次一定得給她一個答案才行。

——如果最近有「你很重視的女孩子」跟你告白，那麼請你……好好考慮一下吧。

——不要著急，仔細考慮之後，要確實忠於自己的感情。

我考慮過了。很認真地考慮過了。

不慌不忙……仔仔細細地考慮過後……決定忠於自己的感情。

於是我便為了眼前這名重要的女孩做出了結論。

我在心裡用力點了點頭，然後開口這麼說道：

「好，我們交往吧。」

「！」

黑貓迅速抬起頭來。她瞪大了眼睛——以無法理解我說了什麼的表情看著我。

接著她的眼眶便慢慢濕潤了起來。

於是……

我和黑貓就變成了情侶。

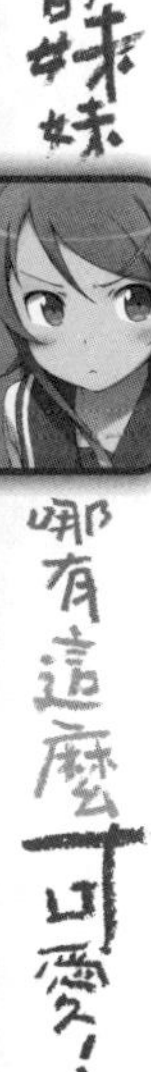

第二章

「——喂……喂喂？」
「啊，黑貓？是我啦……」
「嗯……嗯嗯……我知道。有什麼事嗎——？」
「也……也沒什麼事啦……只是想說妳現在在做什麼？」
「……哼哼。我正在召喚『煉獄火焰』來到這個世界上唷。」
「這樣啊，很努力嘛～」
「…………你知道我在說什麼？」
「應該啦。是漫畫還是小說——？」
「…………是漫畫。」
「喔，我猜對了。」
「…………」
「這次畫什麼題材的漫畫？」
「——明天……」
「嗯？」

「明天……我會去社團教室。」

「這樣啊，那我也會去。」

「嗯嗯…………」

「？怎麼了？」

「沒事……明天在社團教室見吧……學長。」

結束和黑貓的通話之後，坐在床上握著電話的我，感覺發熱的臉頰已經完全僵硬。我接著又「呼～～」一聲吐出一大口氣。

「……超緊張的……」

雖然只是普通的對話，但與昨天的感覺就是完全不同。即使現在已經掛上電話，黑貓聲音的餘韻也讓我腦袋深處產生一陣甜蜜的麻醉感。

「……我現在是那傢伙的男朋友啦。」

實際講出來之後，還是沒什麼真實感。而且剛才黑貓在電話裡的態度與平常沒有兩樣，讓我覺得自己是不是在作夢。

但這是無庸置疑的事實。

——請你和我交往。

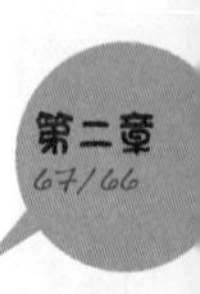

前天傍晚，她在校舍後方向我告白了。

——好，我們交往吧。

接受妹妹與青梅竹馬的建議，我在深思熟慮之後，做出了這樣的決定。

所以不能說這一切都像是作夢一樣。

但是，只不過呢……現在有一個很大的問題出現了。

那就是成為情侶之後……應該做些什麼事才好？至今為止從沒和女孩子交往過的我，怎麼可能知道該怎麼做呢！拜託來個人教教我這個菜鳥吧！

——怎麼樣才像一對情侶呢……？

我用力搔著自己的頭。

「啊！剛才我是不是應該在電話裡約她一起去學校比較好呢……？」

還是再打一次電話約約看吧。不對，等等喔……如果這樣反而讓黑貓覺得反感的話，我會很想死的。那該怎麼辦呢？還是早一點出門，裝成自然偶遇的模樣？

「好……好吧……就這麼決定了。呵……呵呵……呵……」

很抱歉，現在的我確實會讓人覺得有點噁心。但請大家原諒我吧。

我因為有生以來第一次交到女朋友而高興得快飛上天了。

明明時間已經很晚了，我卻已經興奮到想打開窗戶大叫「黑貓——！」了。

不，我當然不會真的這麼做啦。我是要形容我已經高興到這種地步了。

人家常說高興到宛如背後長了翅膀一樣，說的應該就是我現在的情形吧。

「……對了，我們已經開始交往了，繼續叫她的網路暱稱真的好嗎？」

……今後是不是應該互相稱呼彼此的姓名呢？

唔姆……我來試著想像看看吧。

「……瑠……瑠璃。」

「……什……什麼事？京介。」

「嗚喔喔喔喔喔喔喔喔喔喔喔喔喔喔喔喔喔喔！」

咚咚咚咚！由於破壞力實在是太強大了，我忍不住用頭不斷敲著牆壁。

這太猛了。一定要想辦法拜託黑貓小姐這麼叫我啊。

咚喀！

「吵死了！你以為現在幾點啦！」

牆壁的另一邊傳來了敲打聲，然後可以聽見妹妹怒吼的聲音。

「抱……抱歉！」

「下次再敲牆壁，我就要跟綾瀨說你襲擊我。」

「不要啊！」

我會死的！

「話說回來，妳自己在夏Comi前一陣子的時候還不是在半夜裡一邊敲牆壁一邊大叫！」

「什！那……那是因為……！」

「反正一定是在玩十八禁遊戲對吧？」

「才……才不是！怎麼現在反而怪起我來啦？總之！不准再敲牆壁了！」

「嘖，知道了啦。」

這面牆依然是那麼薄。

一直分隔我和妹妹房間的這面牆壁，其實對我來說有很深的印象。當我在自己房間時，它就代表「讓我感覺妹妹存在」的意義。

隔著牆壁就能聽見妹妹在聽音樂的聲音。

也能聽見女孩子們來妹妹房間玩時的講話聲（幾乎都是在說我的壞話）。

對了對了，有時候還能——聽見爸媽不在家時，妹妹戴上耳機玩著十八禁遊戲所發出來的誘人聲音。

對一個哥哥來說，這真的是相當吵雜、煩人又讓人困擾的事情。

但是，當妹妹去留學不在家裡時……

我只要看見這面牆壁就會想起桐乃。

擔心地想著那傢伙現在不知道在做什麼、不知道有沒有好好努力。

沒有任何聲響，再也不會煩人的隔壁房間，卻讓我感到異常寂寞。

所以，像現在這樣隔壁還有聲音傳過來的情況，老實說讓我感到有點開心。

明明一年多前，我們無視彼此存在的那個時候，看到這面牆壁就會讓我產生厭惡感，結果現在卻……說起來還真是不可思議的一件事。

在接受那傢伙的人生諮詢之前，我們都沒有進入對方的房間過，所以一直沒有察覺。但其實我和桐乃都把床鋪放在這面牆壁旁邊。

其實我們兩個每晚都睡在對方身邊呢。

由上空俯瞰的話，看起來或許會像一對感情很好的兄妹吧。

隔天早上——不對，應該說是隔天的中午。目前依然在放暑假。

因為交了女朋友而整個人亢奮到完全睡不著覺的我，決定不再浪費時間開始用功起來了。

「已經中午了嗎……」

別說是熬夜了，我甚至一直用功到中午才停下來。

這完全是靠交女朋友的效果。看見手錶上的時間之後，連我自己都嚇了一跳。

不過我目前依然一點都不想睡覺，而且還全身充滿了力量，感覺現在要是學測的話，自己甚至還可以考上東大呢。當然這只是我想太多而已，總之我就是處於亢奮狀態就對了。

我已經高興地想大叫「呀吼！」並且四處亂跳了。

呵呵呵，仔細看好了……這就是交到女朋友之後的男高中生的情緒。

怎樣，很羨慕吧？

「好想早點見到黑貓喔——」

其實真的遇見了也會很緊張吧，但還是想早點看見她並且聽到她的聲音。我的腦袋裡就是充滿了這樣的念頭。

以前從來沒有過這種情形，但怎麼光是稱謂由「朋友」變成了「戀人」，就讓我如此魂牽夢縈呢？

夏天的社團活動是從下午一點開始，距離現在還有點時間。

——打通電話給她看看吧……說不定她也跟我想著同樣的事情呢……

我到底是怎麼了！哈哈哈！

當內心湧起難以壓抑的欲望時，忽然傳來「叮咚！」的電鈴聲。

「是黑貓嗎？」

喀噠、啪噠、噠噠噠噠……我卯足了勁衝出房間，下了樓梯，迅速來到玄關。什麼嘛，黑貓這傢伙～果然想和我一起去學校，所以到家裡來找我了嗎～？好可愛啊！太可愛了！

「歡迎！」

啪噹！我以熬完夜之後的桃色亢奮狀態用力打開玄關的門。

「午安啊，京介。看見你這麼熱情地出來迎接，真是令人高興哪。」

「嗚…………」

我當場僵在門口。

站在那裡的，不是我期盼以久的黑貓，甚至根本就不是女孩子。

「……御鏡，你來幹什麼？」

「討厭啦，我不是說過下次還要來你們家玩嗎？」

說完後便露出宛若美少女雕像般微笑的，當然就是御鏡光輝了。

這個身材纖細的討人厭帥哥正是前幾天桐乃帶到家裡來的假男朋友。雖然跟我一樣是高三，但除了是職業設計師之外同時也是模特兒，聽起來簡直就像漫畫裡的登場人物一樣。其實忽然有美少年出現在玄關，本來就很像少女漫畫才會出現的情節了。如果我是女孩子的話，一定會感動到跳起來才對。

不過可惜的是，我是個相當健康的男孩子。於是我一開口便這樣表示：

「滾回去。」

「咦咦？等等，不要關門啊！」

「……幹嘛啦。桐乃她不在喔，好像一大早就出門了。」

「我不是來找桐乃，而是來找京介你玩的。」

……哼，搞什麼嘛，原來這傢伙真的對桐乃沒什麼興趣嗎？

不過這也讓人有點不爽。你把我妹妹當成什麼啦？

「是嗎，還是給我滾回去！」

「為……為什麼？」

「我不記得和你變成朋友了。」

「京……京介你是怎麼了？發生了什麼讓你不高興的事情嗎？」

「原本以為是可愛的女孩子來見我了，結果打開門竟然是你。所以我饒不了你。」

「你這不是遷怒嗎？」

是又怎樣！你有意見嗎！

「說起來我差不多準備要出門了。」

「你要去哪裡？」

御鏡好像跟我很熟般地問道。

「學校。」

「不是放暑假嗎？」

「我們有遊戲研究會的社團活動啦。」

「遊戲研究會？」

御鏡一聽見我的回答，眼睛馬上發出光輝。他指著自己的臉對我說：

「我……我也可以一起去嗎？」

「為什麼？」

我以明顯厭惡的態度問道。結果御鏡竟然露出寂寞又靦腆的笑容。

「……因為我沒有相同興趣的朋友。」

「啊啊……對喔。」

說起來，這傢伙參加comike的理由好像也是因為想交到「御宅族朋友」吧。

我本來就稱呼這傢伙是「男生版的桐乃」，而這些地方兩個人真的很相似呢。

老實說，我對這傢伙沒什麼好印象。因為對我來說，「引起那場大騷動的罪魁禍首」、「妹妹可惡的男朋友」的不良印象在騷動已經結束的現在也還殘留在御鏡身上。當然拜託他當「冒牌男友」的桐乃才是騷動的元兇，御鏡說起來也是受害者。這一點我也很清楚。

但我就是沒辦法喜歡這傢伙。你們也可以說我心胸狹窄，但不喜歡就是不喜歡嘛。

「拜託你啦～我根本沒有可以一起玩的朋友～真的很寂寞耶～」

「不要忽然就哭出來好嗎！很噁心耶！」

哼，所以我根本沒有理由幫這個傢伙交朋友。

「……嘖，那你就跟我一起去參加社團活動吧。」

雖然如此，但最後還是這麼說的我真不知道自己在搞什麼。

於是，原本訂好要跟女朋友一起去學校這種甜蜜計畫的我，不知道為什麼就變成跟一個大男人一起朝著學校前進。由於御鏡拚命拜託我到已經有點噁心的地步，我在沒辦法的情況下只好打電話問了社長「可不可以帶其他學校的學生到社團參觀呢」，要是他拒絕就什麼事都沒了，但他卻馬上用豪爽的口氣回答：「當然沒問題囉！」

真是夠了。

……不過仔細一想，這種狀況其實也不錯。

……御鏡雖然和我是同年的高中生，但他已經有許多社會經驗。

也就是說，他也算是個大人了。他長得那麼帥，看起來——戀愛經驗也相當豐富的樣子。

對一個「剛交女朋友的高中男生」來說，他應該是個很不錯的商量對象吧。

總之呢，我這次就要找他來幫我做個人生諮詢。

哼哼哼，這就是所謂的逆向思考喔。不過話先說在前面，我可不是因為想和御鏡聊天才這麼做。我又不喜歡這傢伙。

「好吧……」

「？你在碎碎唸些什麼？」

「沒有啦……」

兩個人一邊並肩走著，我一邊開口這麼問道：

「我說，御鏡啊……你看起來很受女孩子歡迎吧？」

「是啊。」

真讓人不爽。

「……這……這樣啊。那你應該有和女孩子交往的經驗吧？」

「嗯，那當然。」

看吧，我就說這傢伙很讓人火大。

「那個……我有一件事情很想找你商量一下……」

「……聽你這樣講，應該是很重要的事情吧？」

「……嗯，算……算是啦……對我來說……真的是很重要的一件事。」

我也以沉穩的口氣說出真心話。

「剛認識不久的我，真的能擔當如此重任嗎？」

「其實反而就是這樣才比較容易問你。該說是害羞呢，還是不好意思呢……我沒辦法問其他人啊。」

說起來問剛認識的人這種問題，好像也有點厚臉皮。

不過御鏡卻露出爽朗的笑容，很輕鬆地答應了我的要求。

「……這樣啊，我知道了。如果你覺得我可以的話，我很願意給你意見唷。」

「謝啦。」

「別客氣。你也幫了我啊。」

……這傢伙，人也算是不錯了。或許得花上不少時間……但之後說不定還是會跟這傢伙變成好朋友吧。

「老實說，我交女朋友了。」

「恭喜你！」

御鏡似乎不怎麼驚訝的樣子。果然是大人……

如果我跟赤城說了同樣一句話，他一定會產生很大的動搖……

「喂！那以後我不是不能時常跟你混在一起了嗎？」

然後說出類似這樣的話來。因為死黨交了女朋友，總是會覺得有點寂寞嘛。

「也就是說，你要找我談關於『女朋友』的事情嗎？原來如此——如果是這種事的話，或許我能幫上忙。不對，應該說請務必讓我幫忙。」

「是……是嗎……那真是多謝了。」

御鏡不知道為什麼忽然變得非常熱心。這雖然是好事，但總覺得有點奇怪。

「那……我要說囉？」

「隨時歡迎。」

「……跟女孩子交往之後……那個……」

「嗯。」

「……什麼時候才能摸她的胸部？」

「咳咳咳！」

御鏡開始咳嗽。

「京……京介！你這個人啊！」

「我……我可不是開玩笑的啊！這是很重要的事情耶！」

「是……是沒錯啦！」

「昨天晚上熬夜念書的時候，其實也幻想了一大堆跟女朋友做色色事情的場景唷！不行嗎！」

我反而全力怪起對方來了。我幾乎可以百分之百肯定，哪天要是交了可愛的女朋友，所有男生一定都會跟我有同樣的想法啦！怎麼樣！這就是我昨天晚上失眠的真相！哈哈哈！

「到底怎麼樣嘛？」

我由怪罪對方的態度變成一臉認真的表情靠近御鏡。

「……你問我怎麼樣，我也只能回答不知道……」

御鏡已經有點嚇到了。他臉上的笑容看起來十分僵硬。於是我便對著這樣的他如此說道：

「沒用的傢伙。」

「你對我真的很不客氣耶。」

御鏡像放棄掙扎般嘆了口氣說「唉……我知道了啦」，然後拿出手機。

「看來你是認真的，那我就幫你問一下能夠回答這種問題的女性吧。」

「這……這樣啊。你說的女性……是你的家人嗎？」

「是美咲小姐。」

是那個人啊……

御鏡說了「你稍等一下喔」之後，便打電話給之前那個美人社長（前模特兒），然後將我的問題用很客氣的語氣說出：「不知道什麼時候觸摸胸部比較恰當呢？」話說回來，我讓一個美少年做出這種像變態的事情真的不要緊嗎？越來越覺得自己很對不起他了。

「是……是。非常謝謝您——那就先這樣。」

「美咲小姐怎麼說？」

「她說馬上就摸也ＯＫ。」

「怎麼可能！那個人絕對是怪咖！」

花痴？那個人是花痴嗎？

「她說『變成情侶就等於是簽訂了某種契約，所以因為這點小事就抱怨一堆的話，反而是對方很奇怪吧？』。」

真是豪邁的意見。

「……御鏡，我想聽你真正的意見。你覺得完全聽從美咲小姐的戀愛觀真的沒問題嗎？」

「我是沒辦法判斷啦，不過某款十八禁遊戲的主角這麼做之後，女生馬上就報警囉。」

「我想也是。」

這時候十八禁遊戲的可信度要比美咲小姐高多了。

「京介你千萬不能像那個男主角一樣，一碰到對方就開始揉起來唷！」

「我才不會！」

會被抓的！

「你啊，真的認為我會這麼做嗎？」

「想不到剛剛才說『什麼時候才能摸她胸部』的人竟然會講出這種話。」

「你在說什麼啊？正因為有顆純潔的心，所以才能講出如此體諒對方的話啊。」

「體諒對方？你也太會『粉飾太平』了吧？」

「哈哈哈，讓我們再聽聽看別人的意見好嗎？」

「還……還要問嗎？」

「我的煩惱完全沒獲得解決吧？你到最後都要負起責任啊。」

當我不知不覺說出這句像桐乃會說的話之後，御鏡便「噗」一聲笑出來。

對著我像女生一樣啊哈哈地笑。

「看起來我可能是誤會你了。」

接著就說了這麼一句話。

其實我不是找這傢伙的碴，就是對他下跪，再不然就是對他狂吼「我不會把妹妹交給你！」這種讓人懷疑我是瘋子的話，可以說對他做了許多過分的事情。

所以怎麼想這傢伙應該也不會喜歡我，但他卻又跑來找我玩……我還真不搞不懂他到底在想什麼呢。果然因為我是「可以聊阿宅話題的稀有同性」，所以才會這樣跟我裝熟嗎？

「我一直認為京介你是一個『合乎理想的哥哥』。」

「哼，這誤會可大了。」

理想的哥哥？我嗎？怎麼可能？我確實是替妹妹做了許多事。也曾經不顧形象、犧牲自己來幫助她。

如果有人從旁觀看的話，或許會誤會我是個好哥哥。

但是呢，不是那樣。我對桐乃做的所有事情，一切的一切都是為了我自己。

我之前對眼前這傢伙做的事就是最好的證明了。

「我才不是什麼好哥哥呢，只是個任性的妹控罷了。」

「我知道。京介你應該比我想像中還要隨便和平凡。根本就不是什麼『理想中的哥哥』，而是某種更為狼狽的角色。」

……也不用講得這麼難聽吧？什麼狼狽的……太過分了吧？

面對遭受言語腹部攻擊而臉部表情扭曲的我，御鏡又用跟平常不太一樣的誇張口氣說：

「不過呢，就算不是『理想的哥哥』，也還是能夠拯救妹妹。」

我很自然地這麼回答：

「那是當然囉。」

當我帶著御鏡走在路上時，可以感受到周圍有許多視線都在看著這邊。由於跟桐乃約會時大概也是這樣，所以理由應該也相同吧。

總之他就是個很引人注目的傢伙。

天空一片晴朗，這是個快熱死人的夏日。逐漸被加溫的柏油路面，開始升起一種特別的味道。一邊走一邊擦了好幾次汗之後，我們終於可以看見校門了。

「喔，這裡就是京介的學校嗎？」

「嗯。」

「看起來很不錯耶。」

「會嗎？很普通吧？」

「就是這樣才好啊。」

像這種做作的台詞，御鏡講起來就不會讓人感到討厭。哼，帥哥真是佔盡了便宜。

話說回來，因為一時仁慈把他帶過來，但等一下要怎麼介紹他給遊研的傢伙們認識呢？

在教室裡看見黑貓時，應該做出什麼表情，又應該說些什麼話才好呢？

然後現在還差幾個步驟才能和瀨菜發展到H事件呢？

當我還在煩惱時，就已經來到教室前面了。

「算了，隨便啦……」

門瞬間被我打了開來。我盡量跟往常一樣朝裡面喊了聲「哈囉——」。

雖然立刻尋找「女朋友」——黑貓的身影，但她似乎不在教室裡面。

……唉。搞什麼，黑貓她……還沒來嗎？

坐在我眼前位子上的眼鏡巨乳女瀨菜馬上發現我的存在。

「啊，午安啊，高坂學長。」

她這麼對我搭話。

「嗯。啊──……對了，其實我今天帶了個人要介紹給你們認識。」

「？想加入社團的人嗎？」

看來瀨菜還不知道御鏡要來的事情。

「不是啦……啊啊，真是麻煩。喂，快進來吧。」

「嗯……嗯……」

當御鏡被我這麼一叫而走進門的瞬間……

啪！

「那個人是高坂學長的男朋友嗎？」

瀨菜一邊用力敲著桌子一邊站起身來，大叫著讓人難以置信的台詞。

「……大白天的妳在胡說些什麼啊！」

「嗚嘿嘿嘿嘿嘿，剛才那一幕已經讓我充——電完畢了！」

瀨菜發出「嗚喔喔喔喔喔喔」這種不可能出現在女孩子身上的怪聲，然後像賽亞人一樣開始集氣了。

她接著迅速把手放到眼鏡旁，像擺出招牌動作一般閉起一隻眼睛並且說：

「嗶嗶嗶嗶嗶嗶！帥哥指數7000……8000……怎麼可能！還在繼續上升……！」

誰來阻止她一下吧。

雖然社長和真壁學弟也在教室裡，但他們卻完全沒有動搖的樣子，只是各自進行著手邊的工作。看來接觸瀨菜時間比我還長的遊研社員們，已經習慣這個腐女公主發瘋的情形了。我也搞不懂這樣究竟是好還是不好。

沒辦法，看樣子只有靠我來停止瀨菜的暴走了。

「那邊的腐女，不要再玩偵測器的遊戲了，冷靜點。」

「嗶嗶嗶！嘖，帥哥指數只有5嗎……垃圾。但跟美少年搞在一起的時候萌度將會增幅數百倍……」

我默默給了這個笨蛋一記手刀。

「好痛！你幹嘛啦，高坂學長！反對暴力啦！」

「吵死了。小心我揉妳胸部唷，這隻母豬。」

「什麼母豬！討厭啦，今天的高坂學長怎麼好像鬼畜ＢＬ遊戲的主角！呼嘻嘻嘻，這已經算是性騷擾啦！」

「妳的存在本身就是性騷擾了。反正妳給我安靜就對了——」

為什麼還有點高興的樣子？妳們腐女不是很自重的嗎？

我回頭看了一下背後，用下巴對御鏡做出了指示。

他點點頭往前走了一步。剛才無視瀨菜暴走的社員們也覺得是時候了開始對我們打招呼。

坐在深處的削瘦眼鏡男說了聲「喔，你們來啦」並且揚起手來。他的名字是三浦絃之介，擔任我們遊戲研究會的社長。而說著「我們正在等你們呢」並簡單點了點頭的則是真壁楓。他是二年級的學生，同時也是為了整合這個社團而勞心勞力的人。

比我們早進社團教室的，就是這兩個人再加上瀨菜了。

御鏡先對社員們點了點頭，然後以爽朗的笑容開始自我介紹：

「——遊戲研究會的各位，大家好。我叫御鏡光輝。非常感謝你們讓我來參觀。」

喔喔……這……這傢伙，看見初次見面的瀨菜那種大暴走的模樣，竟然完全沒有產生動搖……加上前幾天在那種地獄狀況當中也還是一臉輕鬆的模樣……

神經也太大條了吧？

「嗯，這傢伙是……」

「你是高坂學長的男朋友對吧？討厭啦！哥哥太可憐了！嗚！但好萌喔！」

「不是要妳別說話了嗎，腐女？我是在之前的comike裡認識他的，他說身邊沒有共同興趣的朋友，所以我才會帶他過來──」

說明到這裡，社長便爽快地說：「這樣啊！我們很歡迎你過來唷！」

「我看乾脆加入我們社團如何？我從很久以前就覺得我們社團的帥哥實在太少了。」

從剛才就一直維持在亢奮狀態的瀨菜當然也是一副非常歡迎的模樣。

「等等，赤城學妹。他校的學生是沒辦法加入的啦。」

可能是我想太多了吧，總覺得只有真壁學弟臉上出現一臉無趣的表情。

……啊哈。

雖然我大概知道是怎麼回事，瀨菜卻搶先做出了反應。

「哎呀～真壁學長你真是的。不會是吃醋了吧──？」

「什！才……才不是！」

「少騙了。看到帥氣的競爭對手出現，你一定開始擔心了對吧？」

「嗚……」

「別擔心啦！社長和真壁學長的愛，不會因為這種小事就崩壞的！」

「盡量崩壞沒關係！」

不行了。這兩個傢伙之間根本是誤會重重，看來很難有所進展……

嗯——人際關係真的很難盡如人意耶。

「真是個熱鬧的社團。」

御鏡對著我露出微笑。這傢伙適應環境的能力也太強了吧？

我搔了搔頭然後說：

「哈哈，抱歉喔，御鏡。目前在這裡的幾個人剛好都是社團裡的怪咖。」

「喂！別把我和他們兩個混為一談！我很正常好嗎！」

真壁馬上吐槽我。即使陷入恐慌狀態，他的吐槽技能依然健在。但是關於他究竟是不是個正常人這一點，我還是有所懷疑。

「我也認為真壁學弟算是比較正常的人，但——」

「怎……怎麼樣？」

「你之前不是興致勃勃地換上女裝嗎？那真的很噁心耶。」

「請忘了那件事吧！」

「那是黑歷史！那是番外篇！」真壁大叫著這種沒有意義的話。

我聳了聳肩然後低調說道：

「哼……結果只有我一個是正常人嗎？真受不了你們。」

「各……各位！要女孩子製作十八禁遊戲的人好像說了些什麼話唷！」

「忘了那件事好嗎！」

那不過是被Fate小姐慫恿後不小心的失言而已嘛！

不要到現在還囉哩八嗦的好嗎！

當我和真壁互相吐槽時，瀨菜不知道什麼時候來到御鏡面前。

「真是的——高坂學長和真壁學長你們差不多一點好嗎？御鏡先生，社團都是些笨蛋真是不好意思喔——只有我一個是正常人而已，請你千萬不要誤會喔！」

「就妳最沒資格說這種話！」

遊研男性社員說的話完全重疊在一起。

「啊哈哈哈哈——」

一群笨蛋的交談似乎正好戳中御鏡的笑點，只見他按住肚子開懷大笑。

「真高興我能來這裡。大家真是太有趣了。」

……只是一群笨蛋而已啦。

就這樣，我把很會裝熟的御鏡介紹給遊研那群傢伙的任務結束了。心情輕鬆坐在椅子上的我，看著眼前新加入的御鏡變成社員們的玩具。

「啊！果然！御鏡先生當時也在comike的cosplay廣場吧？難怪我覺得好像見過你。」

「嗯嗯，那一定就是我了。穿『Judas Emblem』制服的人原本就不多，而且那個時間的話，應該就數我最帥最受人矚目了。」

御鏡自然而然老王賣瓜起來。託他爽朗笑容以及俊美外表的福，這些話聽起來完全不讓人覺得討厭，但我就是討厭這傢伙的這種地方。因為跟某個人很像。

算了，只要他能順利和遊研的社員們打成一片，應該就不會再跑到我家來了吧。嗯嗯，這樣可就清靜多了。

好不容易結束御鏡的介紹，一切算是告一段落的時候，教室的門被打開了。

「！」

「……午……午安。」

跟往常一樣面無表情但臉頰微紅的黑貓走了進來。

「嗨……嗨……」

我後面又有兩道聲音響起。

「喔！妳的皮膚依然那麼白啊，五更！早餐吃了沒啊！」

「午安，五更學妹」，社長與真壁也這麼回應。

接著瀨菜便以亢奮的聲音這麼說：

「五更同學五更同學！妳怎麼那麼慢才來！啊，對了妳先看一下這個！鏘鏘！竟然有個帥哥要來加入我們社團耶！」

瀨菜就像在展示高性能電腦般說道。

「妳好啊，哈哈。」

被稱為「這個」的御鏡也只能苦笑了。話說回來，黑貓應該和這傢伙曾經在夏Comi裡見過一次才對。

那個時候，我之所以會覺得有些不安，理由應該也是跟真壁一樣吧。

「……是嗎，那很好啊。」

她回了一句不把對方看在眼裡的冷漠答案後便偷瞄了我一眼。

我光是和「女朋友」眼神相對就開始心跳加速，但大家應該都能理解我現在的心情吧？

四目相對之後，黑貓的臉頰便紅了起來，並率先移開視線。

（別……別一直看著我好嗎？）

我感覺她應該是這樣的意思。

這時候有個出乎意料之外的人竟然注意到我和黑貓之間的眼神交會。

「喔喔？高坂、五更──你們兩個之間的互動有點古怪唷？」

「你……你在胡說些什麼啊，社長。對……對吧，五更──？」

「就……就是啊。我根本聽不懂你在說什麼。」

黑貓內心應該也是小鹿亂撞吧，但她還是裝做一臉平靜的模樣這麼回答。

「是嗎？好吧，如果是我搞錯了那我道歉。」

社長那放射出光芒的眼鏡就像是看穿了我的內心一般。

……雖然忍不住把事情含糊帶過……不過，其實也沒理由隱瞞我和黑貓開始交往的事吧。

黑貓像是察覺了我的心意般彎下腰來，在坐在椅子上的我耳邊小聲囁嚅道：

「……怎麼樣？要說嗎？」

「這個嘛……」

「那就交給你決定吧……」

留下這樣的呢喃後，黑貓的嘴唇便離開我耳邊。當我還在懷念那種感覺時，她就已經靜靜在我身邊坐了下來。這個時候，我的眼神之所以不斷往她露出裙子外面的雪白大腿瞄去，應該就是昨夜那些下流妄想害的吧。

……我內心開始充滿了罪惡感。

當我催動意志力要自己抬起視線後，馬上就看見黑貓正瞪著我。

「…………」

她的視線冷漠得跟暴風雪一模一樣。

「抱……抱歉。」

「……哎呀，為什麼要道歉？你剛才做了什麼對不起我的事情嗎？」

黑貓以帶著強烈惡作劇但又有些高興的語氣這麼說道，臉頰還染上了一抹微紅。

「怎麼了？學長？為什麼要向我道歉？你說明看看呀？」

「嗚…………………」

她可能已經發現我剛才在看哪裡了。

對黑貓來說，責問我的快感可能已經凌駕於害羞的感覺。

我的女朋友絕對是個虐待狂。

或許只是我想太多，但怎麼覺得好不容易才開始交往，她對我的態度卻更嚴厲了。

當我被女朋友強制進行羞恥詢問時，瀨菜忽然插話進來說：

「五更同學五更同學，聽我說！高坂學長他啊，剛才一碰見我就準備要揉我的胸部唷！」

「噗！」

我噴出一大口口水。

「……真的嗎？學長？」

「沒……沒有啦！」

可惡！給我記住，這隻母豬！到昨天為止妳講這種話都沒關係，但從今天起意思就完全不

同啦！黑貓要是因為這件事而不讓我碰她胸部的話，我會恨妳一輩子的！當我用詛咒的眼神看向瀨菜時，發現她正露出滿臉的笑容。

「哎呀呀——五更同學生氣了！」

「還不都是妳害的！」

「那是你自己已經有女朋友了，還對我性騷擾才會這樣！」

「我都說那是——」

等等，咦？

「妳剛才說什麼？」

「我說你明明有女朋友了，還對我性騷擾才會有這種報應。」

「那個……妳已經知道了嗎？」

「知道什麼？」

「……我有跟妳說過我交女朋友了嗎？」

「啥？」

瀨菜臉上出現「你在說什麼啊？」的表情。

「難道……喔，原來如此。哼哼，大家很早之前就知道高坂學長和五更同學在交往囉。」

「妳說……什麼？」

很早之前？我和黑貓明明昨天才開始交往的耶？

這……這是怎麼回事……？

「唉唷唉唷～？難道你們一直以為沒有被發現嗎～？」

「不……不是啦……」

我先看了一下黑貓的臉。結果她也一臉緊張地眨著眼睛。

怎麼會這麼可愛……不對！

「我和這傢伙……是昨天才開始交往的耶？」

「咦咦咦——？」

驚聲尖叫×4。

除了我和黑貓之外的所有人，都因為我剛才的話而驚愕不已。

竟然連剛才無論發生什麼事都不驚訝的御鏡，也不知道為什麼露出愕然的表情。

「高……高坂學長！你之前都還沒跟五更同學交往，是真的嗎？」真壁&瀨菜說道。

「嗚喔喔喔喔！你……你們兩個開始交往了嗎！原來如此！難怪剛才交換那種微妙的眼神！」社長這麼表示。

「京介！你不是在和妹妹交往嗎？」御鏡則是這麼說著。

看來他們感到驚訝的點都不一樣。

倒是御鏡——！我用力往那個混蛋的頭敲了下去。

「啊，好痛！」

「御鏡，你這……你這傢伙……！腦袋裡裝滿萌妹的變態色情狂！」

原來是這樣啊！所以剛才找你商量的時候，你才會那麼高興地回答我！

都是因為你以為我和桐乃開始交往了嗎！

「你以為我是因為想碰妹妹的胸部而煩惱嗎？我幹掉你喔！」

「不是嗎？因為你說剛剛交到女朋友，然後想摸她的胸部，我還以為一定是桐乃！」

這……這是怎麼回事……社員們以為我和黑貓從以前就交往了雖然令人震驚，但御鏡的反應讓我根本就沒空去理這件事。

「高……高坂學長！妹妹指的應該是桐乃吧？什麼叫做你們在交往了？」

「我才想問！」

「……學……學長？剛……剛剛……剛剛的對話裡面，有一件讓我很在意的事情，可以請你說明一下嗎？我可能得依照你的答案來重新考慮我們兩個人之間的關係。」

「呀——————！」

向社員們報告我交女朋友的活動——就這樣陷入了一片渾沌當中。我花了許多時間才能冷靜下來說明整件事情的經過……

才剛剛交到女朋友的我……差點一天就被人家給甩了。

於是，自我辯解的時間開始了。

「…………………………」

「…………………………」

目前我和黑貓面對面坐在椅子上，兩個人都沉默不語。

我每隔幾秒鐘便得吞下一大口口水，而黑貓則是紅著臉整個人僵在那裡。放在膝蓋上的拳頭以及她的肩膀（應該是因為生氣）都在發抖。

場面真的很尷尬。難道神是要我死在這裡嗎……？

不知道是體諒我們還是不想淌這灘混水，遊研社員們&御鏡都離我和黑貓相當遙遠，看起來正熱絡地聊著其他話題。

「啊——對了對了。御鏡先生，可以告訴我你twitter的帳號嗎？」

瀨菜很高興地這麼對御鏡說道。

「啊，好。那我給你一張私人用的名片好了。上面除了twitter帳號之外，還寫有很多其他

資料。」

「名……名片？」

瀨菜從御鏡那裡接下名片之後，眼鏡深處的眼睛馬上瞪得老大。

「設……設計師？還是……模……模特兒？御鏡先生……這是？」

「正是我本人。」

什麼叫正是我本人。這傢伙真是……

御鏡說明那設計師兼模特兒的經歷後，連已經見慣奇人異事的社員們也不禁覺得驚訝。

雖然這傢伙不覺得像漫畫般的個人檔案有什麼了不起，但要是聽者的度量稍微小一點，就會變成讓人相當火大的炫耀了。

瀨菜在聽御鏡的說明時也不斷大叫著「好厲害！御鏡先生太厲害了！」，而旁邊真壁的表情也就變得更加落寞。

「——事情就是這樣。由於我一直過著往來於日本與國外的生活，所以國內根本沒有朋友。雖然有些工作上的夥伴，但沒辦法跟他們談論興趣的事情……」

所以，今後也要請大家多多指教了——

御鏡以相當僵硬的動作行了個禮。他來我家玩的時候也拚命拜託我讓他進去，看來沒有相同興趣的朋友對他來說確實是個相當頭痛的煩惱。

程度大概就像——感情不好的妹妹，竟然會去找最討厭的哥哥做人生諮詢一樣。

「別這麼見外嘛，兄弟。我們已經是夥伴啦！」

社長拍著御鏡的肩膀這麼說道。接著瀨菜也亢奮地歡迎他加入。

「就是說啊，御鏡先生！啊，對了對了，你跟我們完全不用那麼客氣唷。」

「……謝謝妳，瀨菜小姐。但我平常講話的方式就是這樣了。」

御鏡臉上露出幸福的微笑。

「唉……唉唷！真……真壁學長你該怎麼辦？同樣是講話客氣的角色，但你在各方面的條件上都輸給人家耶！這樣下去真壁學長會被當成劣化版的御鏡唷！」

「啊哈哈哈。我差不多要生氣囉？」

真壁似乎馬上就要抓狂了。但我非常了解他現在的心情。

「喂喂！別拿我跟這傢伙比！」

其實我也好幾次都有這種想法。

「算了，總之呢……」

真壁像是要重新振作精神般乾咳了幾聲，接著開口說：

「御鏡先生，今後也請你多多指教。雖然沒辦法一起從事學校的社團活動——但如果不嫌棄的話，大家下次一起出去玩吧？」

他用我沒辦法表現出來的態度來面對御鏡。看見他這種模樣，就讓我覺得自己真是幼稚，羞得想找個地洞鑽進去。

「——謝謝你，楓先生。也請你多多指教。」

御鏡由於太過感動而眼眶含淚，接著更握住真壁伸出來的手。

社長看見這種情形不斷點著頭，腐女學妹也「嗚嘿嘿」地笑了起來。

之後應該能看見許多次這種情形吧。御鏡與遊研成員已經熟得令我不由得這麼想著。

……太好啦，御鏡。看來帶這傢伙來是正確的。

我瞬間忘記自己處於尷尬的情況當中，由衷地這麼想著。

當我把視線從正面的黑貓身上移開時，似乎聽見一聲「呵……」的溫柔笑聲，但當我把視線移回去時，發現她還是跟幾秒鐘前一樣低著頭。

「……妳剛剛說什麼？」

「……沒什麼。」

是我聽錯了嗎……

「這樣吧，御鏡！為了紀念我們成為兄弟，我帶你到學校裡逛逛！」社長這麼說道。

「真……真的嗎？」

「當然是真的！對了！我帶你到遊戲研究會在學校旁的祕密基地吧！」

「有這種地方嗎？」真壁問道。

「喂喂真壁，你在說什麼啊？那指的就是你家啊！」

「別隨便把我家變成祕密基地好嗎！雖然我是無所謂啦——」

真壁像平常那樣一邊抱怨一邊站了起來。而其他人見到後也跟著站起身子。社長這時候對我和黑貓這麼說道：

「你們也聽見了吧！我們現在要帶御鏡去走走。所以你們兩個負責留守教室！」

「啊，知道了。」

「那我們先走了！」

「高坂學長、五更學妹。不好意思，麻煩你們了。」

「京介，那我們等一下見。」

「嗯嗯。」

御鏡這傢伙好像已經變成遊戲研究會的一分子。他原本就是個容易相處的傢伙，之所以沒有御宅族的朋友，其實只是因為「沒有認識的機會」罷了。

就這樣，御鏡、社長、真壁學弟和瀨菜四個人離開了社團教室。

目前只剩下我和黑貓留在室內，而且還坐在椅子上面對著彼此。

……嗯，我想他們那邊接下來也會有很多事情，不過我現在也顧不得他們了。

好，來吧。

「黑……黑貓？」

我開口之後，黑貓嚇了一大跳。

「…………………」

經過幾秒鐘的沉默，她才開口說出一句關於造成目前這種情況的話來。

「…………你想摸嗎？」

「咦……」

這……這……這這這這這是要我怎麼回答呢……！

被逼到絕境的我，馬上這麼答道：

「是……是啊……」

我這個白痴——！竟然還敢笑著說出這種台詞！

「……這……這樣啊……」

看吧！黑貓又低下頭去了！糟糕，她哭了嗎？

當我這麼想時……

「……我沒生氣唷。」

「咦？」

「因為我也一樣…………」

什……什麼……咦？這傢伙剛才說了什麼？

「妳……妳也想摸我的胸部嗎？」

「下地獄吧你！」

她用恐怖的聲音吐槽我。

「……我……我不是那個意思……我是說，我也沒有立場責怪你。」

可能是因為害羞吧，黑貓的視線並不看向我的臉，而是在我身後游移著。

「…………」

接著便再度沉默了下來。像這種時候，絕對不能隨便開口說話，不然又會害她嚇一跳。我耐著性子等她繼續說下去，結果黑貓卻把整個身子向後轉。

然後，她便朝著跟我完全相反的方向開始說話：

「因為和你交往，結果過於興奮……一直不知道從今天起該怎麼面對你。所以只是想著見到面時應該說些什麼才好……」

後來昨天晚上一整夜都沒睡，黑貓這麼說道。

妳是在跟誰說話啊？

怎麼會這麼可愛～

不過……原來如此。這傢伙也跟我一樣。因為有生以來第一次交到男朋友而高興得不得了，心裡全是對方的身影，腦袋裡也充斥著各種「接下來該怎麼辦」的想法。

「所以……就算你想了那種事情，我也沒有資格生你的氣。因為我也一樣……而且……我聽說男生就是這個樣子……」

不知道有了什麼樣的想像，目前背對我的黑貓，臉頰已經紅得像是發燒了一樣。

「…………」

不過話又說回來了……黑貓和桐乃一樣，都是對性知識還不太了解的女孩子，所以我究竟對黑貓有了什麼樣的性幻想，我想她一定猜不出來才對。

真的很抱歉，妳和我根本就不一樣啊。

這時候黑貓像是忽然注意到什麼事情般迅速將頭轉向我。

「不過呢……胸……胸部什麼的，我絕對不會允許你這麼做的。你可別誤會了。」

啊，原來是這回事啊。

「怎……怎麼一副沒辦法接受的表情？」

「喂，妳這樣講，好像我沒辦法摸到妳的胸部很不高興似的！」

雖然那確實讓我遺憾，但我無法接受的，是妳說「我們一樣」這一點。妳千萬別誤會了。

「根本不一樣，我比妳想像中還要更想著妳的事。」

「虧……虧你能當我的面講出這種羞死人的話來。」

黑貓在講「這方面」的事情時，似乎沒辦法直視我的臉。

「不……不過我可不認輸唷。你說比我想像中還要想我？哼……哼……那怎麼可能？」

黑貓狠狠瞪了我一眼。這個女人……到底知不知道剛才那句話比我說的還要令人害羞啊。

「幹……幹嘛臉紅？」

「沒……沒有啦……」

「──你……你不相信對吧？那我也有辦法讓你相信。」

黑貓迅速這麼說完之後，從包包裡拿出一本全黑封面的筆記本。

她瞬間把筆記本推到我眼前。

「你看這個。」

「這是什麼？」

死亡筆記本嗎？怎麼看起來那麼厚。

「……是《Destiny Record》唷。」

「請說國語好嗎？」

「……用這個世界的語言來說……哼，對了，就是描述戀人們在不久的將來將面臨什麼命運的預言書吧……然後也記著各個階段該舉行什麼『儀式』，才能實現我崇高的『願望』。」

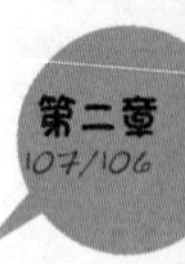

這女人真是麻煩。

「……那妳寫了些什麼？」

我小心翼翼地這麼問道，而黑貓則是很可愛地露出害羞的表情說：

「……我不是說過了。昨天晚上我因為終於能跟你交往而高興到睡不著覺嗎……」

「嗯嗯。」

「所……所以我整個晚上都在想著和你交往之後，我們接下來應該做些什麼事，然後加以模擬與記錄下來——」

黑貓說完便翻閱著黑色筆記本。她打開的頁數上，就跟她的小說一樣寫滿了文字。

「——到了早上，回過神來才發現已經寫了一整本。」

「太恐怖了吧！」

跟這沉重的東西比起來，我對黑貓的色情幻想根本只是小兒科而已。

老實說…………這有點嚇到我了！

「……哼……如何？是我比較想你對吧？」

黑貓得意地翹起腳來。

「看……看來是如此。」

這就是桐乃所謂的——妄想力全開的邪氣眼電波女。

到了這個時候我才終於了解……

跟這樣的黑貓成為戀人——究竟是怎麼一回事。

我的女朋友，雖然專情、懂事又非常可愛——

但是卻又讓人感到有些沉重與麻煩。甚至會覺得她太過著急了……

這時我的額頭開始流下一條冷汗。

黑貓用交往之前絕對不會出現的忸怩態度對著我問道：

「……如何？高……高興嗎？」

「我不是說很恐怖了嗎……」

我是會在這種時候說實話的人。雖說每個人都有不同的想法，但要是女孩子親手做的菜很難吃的話，我就會毫不猶豫地說「好難吃」。因為這樣對雙方都好。

「這樣啊…………」

話雖如此，看見她這麼沮喪，我還是會覺得很可憐啦。

「不過，我真的覺得很高興唷。雖然有點恐怖就是了。」

說出這不算安慰的真心話後……

「是……是嗎……」

黑貓的心情似乎稍微恢復過來了。

「不過呢……這樣子就好辦了。」

「咦？」

「也就是說，黑貓在筆記本上寫了想要和我做什麼事對吧？」

「嗯……應該算是啦。」

黑貓像是想起什麼事情般，將原本打開來向我炫耀的筆記本闔了起來。

「那我們就來實行吧。」

「……什麼？」

「來，筆記本借我一下。」

我張開手伸了出去。

「真……真真真真……真的嗎？」

黑貓不知道為什麼驚訝到像傀儡一樣不斷開闔著嘴巴。

「？妳拿給我看不就是為了這個目的嗎？」

「才不是呢。剛才只是為了表明我的意志而已……我不是想要你照上面的內容來做。」

黑貓一副著急的樣子，將筆記本藏到身後。

嗯——真搞不懂女孩子耶。讓我看她的要求事情不就簡單多了？而且為了可愛的女朋友，我當然會盡量去實現她的願望啊。

「我知道了。那不給我看也沒關係。告訴我妳想怎麼做就可以了。我也是第一次和人交往，同樣不太知道該怎麼辦才好。」

「是……是嗎？真的？」

「嗯。雖然這麼說很丟臉，但我確實不知道該怎麼讓妳開心——真的很不好意思，不過如果妳能告訴我的話，我會很高興的。」

「…………」

黑貓再次沉默了下來。她緊閉起嘴巴，只是不斷眨著眼睛。

安靜了好一陣子之後——終於……

黑貓打開手裡的筆記本，翻開中間左右的頁數，畏畏縮縮地再度拿給我看。

「嗯？哪邊？」

「這……這個…………」

黑貓用幾乎快聽不見的聲音囁嚅著，然後用手指指了一下寫滿文字的角落。

上面寫著……

——**和學長約會。**

——原來如此。

「我知道了。那我們就來約會吧。」

「嗯…………」

我的女朋友微微點了點頭。

於是我們便這樣決定了第一次約會的計畫。

順帶一提——同一頁上，可以看見有好幾處用鉛筆整個塗掉的記述，而那一片黑色底下，究竟寫了什麼樣的內容……

當然我是不可能會知道的。

緊接著——我和黑貓便在只有我們兩個人的密室裡討論起約會行程。

「……明天中午以前……在學校前面會合，這樣可以嗎？」

「在車站前面不是比較好？」

「學校前面比較好啦。」

「好吧，就依妳。那我們要去哪裡——？」

「如果你放心交給我來計劃的話……我是已經想好地方了。」

照她所說的話以及剛才的黑色筆記本來看，黑貓似乎是喜歡掌握約會主導權的女生。

不過……如果是這傢伙的話——倒是不讓人意外。

但話又說回來了，約會通常不是應該由男生來計劃並且領導嗎？

我妹妹固執地要求我「一定得這麼做」。

「謝謝……多虧妳拚命想出約會的地點。」

「……你在說什麼……也沒有那麼誇張啦……我只是列出自己想去的地方而已。」

黑貓立刻害羞地低下頭去。其實我從之前就注意到了，讓黑貓害羞是件很有意思的事情。她害羞的動作通常很可愛，所以會一直忍不住想再看一次。偶爾也會看到桐乃這麼做，我真的很能體會她的心情。

「……如果你有什麼想去的地方……那去那裡也可以……」

「不用啦，既然妳都想好了，那明天就按照妳的計畫吧。」

「是……是嗎……」

「暑假應該再過不久就要結束了。」

「是啊……沒多久就要結束了。」

黑貓感觸良多地這麼說道。我內心雖然相當緊張，但還是試著這麼邀她：

「那我們盡量找時間見面吧，既然已經開始交往了。」

「……可以嗎？你還要準備學測不是嗎？」

「嗯！但我絕不會因為這樣而考不好，然後害妳覺得內疚。這我可以保證。」

我信心十足地這麼說道。因為這時候要是有所猶豫，以後可能就沒辦法約會了。

結果黑貓臉上出現像在作夢的表情，整個人僵在椅子上。

「怎麼了？」

「咦？沒……沒……沒什麼事……咳咳——這樣的話，那就照你的意思吧。我們盡量在暑假裡見面。可以的話，每天都見面也沒關係。」

太好了！我不由得握緊拳頭歡呼了起來。但忽然注意到……

「啊！倒是妳自己的時間沒問題嗎？不是還有打工？」

「嗯嗯。但是不是每天都有打工……就算有上班也不是整天……如果只是一下下的話，應該每天都能見面。」

「這樣啊。那我到妳打工的地方去接妳吧。」

「嗯……」

黑貓也和我一樣，盡可能想要見到對方。

知道這一點後，我感到相當高興。光是想到剩下來的暑假要和黑貓一起去什麼地方、一起做什麼事情……我的內心就感到雀躍不已。

唯一要擔心的就是，到時候可能會不知道要做什麼。約會次數這麼頻繁的話，以我如此稀少的約會知識，一定會想不出來要到什麼地方去。

「對了，我還有桐乃教我的約會行程。或許下次按照她的計畫來走也不錯呢。」

當初和令人火大的妹妹約會也算是一次預習，現在可能會派上用場也說不定。

「…………………………」

但是黑貓不知道為什麼卻靜了下來。

……雖然這傢伙在話題中突然沉默也不是什麼奇怪的事。

難道是我說要按照桐乃所想的約會行程讓她不高興嗎？

桐乃與黑貓的興趣本來就完全不同了。嗯……

「啊————……這只是預定而已，所以妳先不要當真喔，妳覺得植物園怎麼樣？」

「唉呀……以學長的程度來說，算是不錯的提議了。」

哇……喂……喂，你們聽見了嗎？黑貓這傢伙竟然說植物園還不錯耶。

我對桐乃說出同樣的話時……

「好土！拜託，你認真點想好不好！」

她卻這樣罵我。

「謝謝妳啊……我能交到妳這個女朋友真是太好了。」

「……為……為什麼忽然用快哭出來的聲音，講這種像是臨死前的遺言呢？」

跟交往前一樣，我們兩個人的對話還是一樣斷斷續續，馬上就會停下來。或許這是因為我和黑貓都不是那種會持續一直講話的人吧。

和桐乃獨處的時候，我們之間的對話充滿了殺伐之氣，而且老是在互相吐槽。

和綾瀨單獨在一起時則是會變成像說相聲一樣（還有我單方面遭受攻擊）展開脣槍舌劍。

和麻奈實在一塊的時候，就只是享受著平穩的時間。

但我和黑貓之間的關係與她們完全不同。

「我說黑貓啊……」

「……什麼事？」

「剛才的筆記本，『約會』是寫在中間左右的頁數對吧？」

「然……然後呢？」

「那後面的頁數寫了些什麼？」

我忽然這麼問道。黑貓剛才說她模擬了許多想和我一起做的事，然後把它們寫滿了一整本筆記本。也就是說黑色筆記本裡，寫有許多約會想去的地方、想做的事情以及她有什麼願望。這樣的話，我就根本不用擔心不知道要做什麼了。只要像剛才那樣，讓她指一下筆記本上所寫的內容，然後依序去實現她的願望就可以了。這樣真的很輕鬆。

好，既然這麼決定了，就要她先把大概的內容告訴我吧。

我原本是這麼想，但是……

「————」

黑貓不知道為什麼像是觸電般整個人僵住了。緊接著，或許是她的心情也影響到我了吧，連我也開始胡亂緊張了起來。這……這是什麼感覺？

「嗯……不想說的話也沒關係。」

「……你想知道？」

她囁嚅完之後，揚起眼神凝視著我。她明明還沒告訴我接下來的頁數裡面寫著什麼樣的內容，但我不知道為什麼就是一直看著她的嘴唇。

回過神後，我才注意到自己滿手是汗。房間裡明明有開冷氣，卻感到異常悶熱，只有電腦的無機質運作聲，以及貫穿窗戶的蟬鳴聲不斷重複傳進耳朵裡。

「——嗯嗯，我想知道。」

「好吧。」

黑貓嚴肅地點點頭。

「……反正我原本就想讓你先知道了。」

黑貓像是還有些猶豫般，不看向《命運紀錄》就直接打開它——並伸到我面前。

「這就是我的願望唷。」

「嗚哇啊啊啊啊啊啊啊啊啊啊啊啊啊啊啊啊啊啊啊啊啊啊啊啊啊啊啊啊啊啊！」

我發出宛如慘死前悲鳴般的聲音，整個人從椅子上倒了下去。

因為筆記本上一整面都是——一眼就知道是什麼，絕對不需要說明——相當恐怖的插圖。

那像油畫般筆觸所畫的……應該是流著血淚的黑貓自畫像。所使用的顏色盡是黑與紅，以及近似這兩種顏色的恐佈色彩。

那幅「慟哭的畫」散發出悲哀與絕望……甚至可以從上面看見像是要詛咒整個世界的瘋狂意志。

我一邊發抖一邊問道：

「這……這這這……這……這就是妳的願望嗎？」

「……咦？」

黑貓看見我充滿恐懼的反應之後，臉上出現「奇怪了？」的表情。

她確認自己拿給我看的畫作，有些不好意思地說：

「我弄錯了。」

「喂！」

別……別嚇人好嗎！看見那種恐怖的畫，害我以為自己的女朋友想對我做什麼呢！

「剛剛的不算。再來一次。」

「咳咳」，她乾咳了幾聲來重新調整心情。

接著黑貓便翻開《命運紀錄》的最後一頁拿給我看。

「…………」

上面畫著一幅名為「理想世界」的插畫。

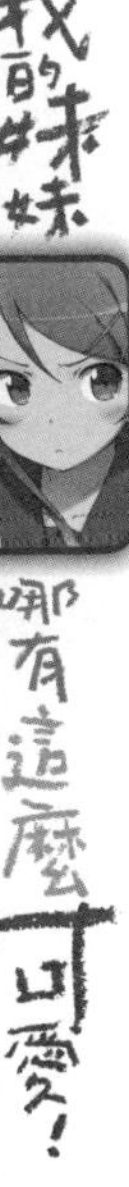

那幅畫是由黑貓經常描繪的漫畫風筆調所構成。雖然她總是使用紫色與黑色來畫出黑暗風格的世界，但這幅畫的用色卻是屬於暖色系，一看就有一種相當溫柔的感覺。

它給人的印象可以說與剛才那幅「慟哭的畫」完全相反。

畫的主題是在太陽照射下吃早餐的情景。

而坐在餐桌前的，有我和——

「桐乃……？」

為什麼寫有「黑貓想和我一起做的事情」的筆記本裡會跑出桐乃的插圖來呢？

畫裡面略微成熟的我和妹妹都幸福地笑著。

吵吵鬧鬧的兩個人——似乎正看著某個地方。看著沒有出現在畫裡——不對，應該說面向看著這幅畫的人，催促著要他「快點來加入我們」……上面畫的就是這種溫暖的日常生活。

「……這就是我的願望。是賭上所有一切也希望能夠實現的理想世界唷。」

「這是什麼意思？」

「你不懂嗎？」

「完全不懂。」

「——是嗎？那麼，看來我還有很長一段路要走。」

往下看去的黑貓露出冷笑。她的比喻總是曖昧不明，讓人無法搞清楚真意。不過這幅畫還是一看就能夠了解隱含在其中的溫柔。

「雖然不了解妳到底想做什麼。但這幅畫裡的我和桐乃看起來很幸福。不論是『儀式』還是什麼——只要我能做到的一定全力配合。」

「儀式」嗎……聽起來很隆重嘛。雖然那確實是「黑貓想和我一起做的事情」，不過她似乎想藉著不斷進行「儀式」來達成某個目標。

嗯……算了……她高興就好。

既然是可愛女友的願望，那就一定得幫她實現才行。

「因為我是妳男朋友啊。」

Character file.14
Kaede Makabe

真壁 楓

◆遊戲研究會二年級學生。時常會對耍笨的社長施加辛辣的吐槽，算是遊研的良心。因為成為瀨菜配對妄想的犧牲品，心靈受了很大的傷害。

◆性別：男
◆年齡：17歲
◆身高：156cm
◆體重：53Kg
◆三圍：——

14

Character file.15
Kouki Mikagami

御鏡光輝

◆人氣品牌的飾品設計師兼模特兒。其實是隱性御宅族而且希望能夠找到有相同興趣的朋友。

◆性別：男
◆年齡：18歲
◆身高：164cm
◆體重：54Kg
◆三圍：——

15

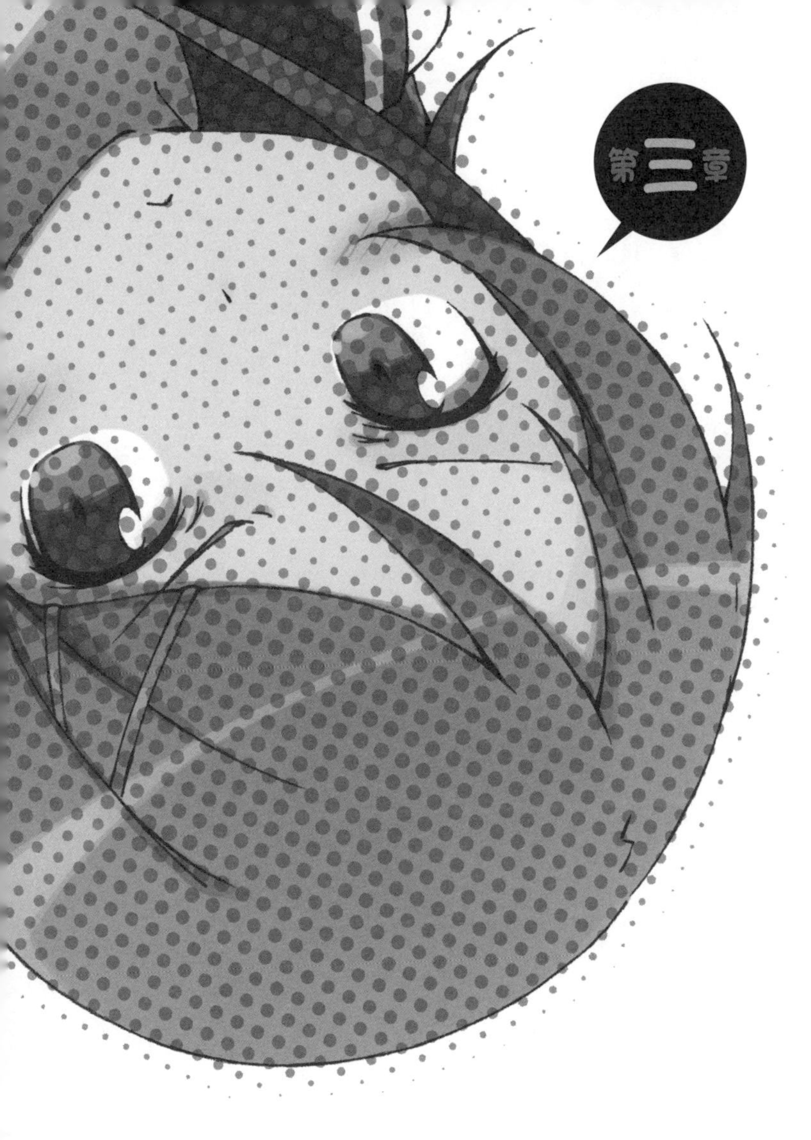
第三章

事情實在有點突然，但我在與黑貓約會之前，被叫到了綾瀨的房間裡。

……我可不是劈腿唷！

十分鐘前——綾瀨跟以前一樣，傳來了文體比往常還要可愛一點的簡訊，寫著：「可以請你到我家來一趟嗎？」

於是我馬上就衝了過來。

來玄關迎接我的她，馬上就以難以置信的口氣說：

「大哥……你……你也來得太快了一點吧？」

「嗯嗯，因為我想早點見到妳啊。」

「真是……又來油嘴滑舌了……請進來吧。」

這名令我著迷的黑髮美少女新垣綾瀨，是我妹妹最好的朋友兼模特兒夥伴。

而我們兩個人已經像這樣開了好幾次的祕密會議了。

由於我現在也已經是有女朋友的人，所以也得解除與綾瀨的這種「祕密關係」才行——此時我便以這種嚴肅的心情脫下了鞋子。

綾瀨帶著我爬上樓梯。我一邊凝視她膝蓋後方，一邊開口說：

「想不到我那麼快就能再次來到妳的房間，感覺我們感情是不是稍微變好了一點啊？」

「……啥？大哥你在說什麼啊？我就是因為對大哥保持警戒，才會叫你來到這個最安全的地方吧？」

「原來如此……」

原本享受著與綾瀨這種類似外遇關係的我，瞬間就被拉回現實世界裡來。

說的也是，我哪有可能那麼受女生歡迎呢？

哼，不過也沒關係啦。反正我現在有超可愛的女朋友了。

來到房間前面，綾瀨便打開房門要我走進去。

「大哥，請進吧——」

「等等！」

「……怎麼了？」

綾瀨以可愛的驚訝姿勢誘惑著我。

這一招已經沒用了喔，瞞不過我的眼睛的。

「綾瀨……把妳藏在身後的東西拿出來。」

「大哥你在說什麼？」

「別裝傻了，我看到某個發光的物體！我看妳應該——」

「應……應該？」

「在身後藏著一把刀子對吧！然後想趁我不注意時從後面把我幹掉！」

「大……大哥你以為我是什麼人啊？」

這時候綾瀨已經氣到頭上像是要冒出蒸氣一樣，接著將藏在身後的物體拿了出來。

「真是的……這樣誤會我實在太沒禮貌了。我藏在身後的才不是刀子，只不過是手銬而已唷！」

「已經夠恐怖了！」

為什麼這個女人每次叫我到她房間時都想要銬住我呢？

「來，請把手伸出來。」

「可惡……」

要是繼續爭執下去，她又叫起媽媽那可就不得了了，於是我在不得已的情況下只好接受她的拘捕。我進入房間之後，綾瀨便仔細地鎖起房門，以輕鬆的口吻說著：

「對了對了。話說回來——聽說大哥你交女朋友啦。」

「把門鎖起來又把我上手銬之後竟然講到這個話題嗎……」

總覺得有股寒意冒了出來。由於剛才把這種狀況比喻成「外遇關係」，害我好像能從綾瀨的言行舉止裡感覺到她的殺意。希望只是我想太多。

「——聽說大哥你交女朋友啦，恭喜你了。」

綾瀨用沒有抑揚頓挫的聲音重複了一遍相同的話。

「嗯……是啊。妳消息真靈通耶。」

「因為我一直掌握著大哥你的行動啊。」

「這……這樣啊……」

我已經害怕到不敢問她「妳是怎麼掌握的？」了。

「——所以呢，那個……」

「什麼事？」

我乾咳了幾聲，然後以凜然正氣的表情說：

「我以後再也不能對妳做性騷擾的舉動了……抱歉。」

咻啪。

綾瀨默默地不知道從哪裡拿出打火機並且點火。

「好燙！」

這臭女人竟然用火烤起手銬來了！

「大哥，我很認真地在跟你說話唷？」

「……我知道了，是我不對。」

雖然覺得有點奇怪，但我還是因為過於恐懼而跪了下去。

這幾天我究竟在女孩子面前正坐幾次啦……

我們都正坐在地板上，維持著手銬聯繫著兩個人的狀態凝視著對方。

這時候一道宛若冰錐般的聲音刺向冷汗直流的我。

「交女朋友啦？嗯——然後呢？姊姊——麻奈實姊姊要怎麼辦？」

「怎……怎麼辦……的意思是？」

「你們兩個人不是一直都像是在交往一樣嗎？」

「我……我們沒有在交往喔。」

「請不要說藉口。」

「對不起。」

不要再拿打火機出來了好嗎？

「哼，算了。雖然我覺得她對你實在是太好了點——但姊姊似乎也有她自己的想法。雖然她要我不要告訴你……不過呢，姊姊她可是事先就叮囑我不要阻礙大哥的戀情呢。」

原來如此……是麻奈實告訴這傢伙我和黑貓的事情嗎？

「所以我們暫且不談姊姊的事情。但是桐乃呢？你有什麼打算？」

咦？這跟桐乃一點關係都沒有吧——雖然這麼想，但這是絕對不能跟綾瀨講的台詞。我想有些人已經忘記了，我就再提醒一下大家吧。
綾瀨她誤會我是愛上妹妹的「最愛近親相姦的變態哥哥」。
然後因為有些原因不能解開我們之間的誤會。
所以，我只好這麼回答：
「那……那跟妳沒關係。」
「怎麼會沒關係？」
「為什麼？」
「因……因為……那個……對……對了！因為這樣的話，你對我來說就沒利用價值啦。」
「利用價值……」
「也……也就是說大哥就不再是我『可以商量桐乃事情的對象』了。」
「也就是說我和桐乃變尷尬的話，妳會很困擾？」
「沒錯！你交女朋友的話——桐乃……那個……說不定就會跟大哥你產生隔閡。如果你們兄妹因為這樣而漸行漸遠怎麼辦？就算我有桐乃的事情要找大哥商量……大哥你這樣子……根本就不行嘛……」
「妳現在講的話根本亂七八糟耶。」
「沒那回事！」

這太奇怪了吧。因為……

「——我交女朋友的話，不是正合妳的心意嗎？」

「這……這是什麼意思？」

為什麼會出現這麼狼狽的表情？

「就是說……身為變態哥哥的我，不就會因此而離開桐乃的身邊了嗎？」

「……！」

「這不就是妳最初的目的嗎？那怎麼會到現在還在講這種不知所謂的話呢？」

「嗚嗚……」

綾瀨不知道為什麼露出一副焦躁又苦悶的樣子。

雖然還不至於像國王有對驢耳朵那個寓言故事一樣，但看起來就是一副很想一吐為快——但又因為某種不得已的原因而強行忍耐著的樣子。

「？」

……真要說起來，我才想把事實全說出來好解開我們之間的誤會呢。我實在搞不懂綾瀨究竟在煩惱些什麼。

「嗚嗚……」

綾瀨很懊惱地閉起眼睛。接著又咬緊牙關，狠狠瞪著我。

「——請你回去吧。」

「咦咦？」

「不管啦……反正請你回去！」

「喂……喂……！」

綾瀨推著我的背部，把我從房間裡趕了出去。緊接著——

「快走開啦！你這個騙子！」

啪噹！她留下意義不明的台詞後就把門關上了。其實我只要離開也就沒事了，卻追問她：

「騙……騙子——這是什麼意思啊？」

「吵死了！別說話啦，你這個騙子！」

咚！關上的門後方傳來敲打聲。看起來只是忽然惱羞成怒——但這究竟是怎麼回事呢？結果我們就在二樓的綾瀨房門前吵了起來。

「喂喂，妳不說清楚我怎麼會知道呢！我說了什麼謊？」

咚！門後方再度傳來衝擊。

「全部！你說的話全部都是謊言！明明……上次到我房間來時……還說過跟……跟我結婚吧這種話……！」

「怎麼這麼吵——發生什麼事了嗎，綾瀨？」

從二樓深處傳來這樣的聲音。

「嗚哇啊啊啊啊啊啊啊啊啊！綾瀨的媽媽要過來了嗎？」

我將綾瀨母親的形象幻想成惡鬼一般（雖然很失禮），自己恐懼了起來。由於實在太害怕——於是我便中斷講到一半的對話，當場往外逃走，卻因為太過慌張而絆了一下。

「嗚咿！」

磅磅磅磅磅磅磅磅磅！我誇張地從樓梯上摔了下去。

就這樣逃回自己家附近的我，好不容易確認沒有人追過來後才鬆了一口氣。我劇烈地喘息，肩膀不停上下震動。

「喔——好痛……」

到了現在，我的身體才開始覺得疼痛。從樓梯上摔下來時，似乎在身體上造成了不少擦傷。當時雖然摔得很重，但腳還能行動而且綾瀨媽媽實在給我很大的壓力，所以在恐懼的驅使下直接逃走了。

「……回家之後得找一下急救箱才行。」

喊了一聲我回來了後，我推開自家玄關大門。

結果桐乃已經像仁王像一般昂首站在我眼前。

簡直就像我用她的筆記型電腦偷上色情網站被她發現時那樣，全身散發出憤怒的氣息。

「你……你……你你你……你啊……！」

——這……這傢伙怎麼了？我這次可沒上什麼色情網站啊？

桐乃把手機伸到我眼前，讓我看見螢幕上拍下來的冰箱。

「你把和我拍的大頭貼貼在冰箱上了對吧！」

搞什麼，原來是這件事啊。

「我是貼啦。」

「啊啊啊啊啊！果然～～～～～～～！」

桐乃眼眶含淚地逼近我。

「要是被來我們家玩的朋友看見了怎麼辦！人家會誤會我有戀兄情結耶！」

「對不起喔。倒是，妳不喜歡的話把它撕下來不就得了？」

「什……」

桐乃瞪大眼睛整個人僵在當場。這傢伙是笨蛋嗎？這麼簡單的事情都沒想到，還特別用手機拍下來在玄關等著對我興師問罪。

「吵……吵死了！所以你到底想怎樣？這是新的整人手法嗎？」

「才……才不是，妳完全猜錯了。我只是想看這樣能不能……」

增進我們之間的感情——桐乃像是要掩蓋後半句話般發出「嘖」的一聲。

「真是夠了～～」

這時候桐乃像是注意到什麼事情般……

「——嗚哇。你是怎麼了？被車輾過了嗎？」

「怎麼可能？真被輾過的話，我哪能自己走回來！」

妳哥哥有那麼強壯就好啦。倒是，我身上的傷有那麼嚴重嗎？

「去……去醫院了嗎？」

桐乃很擔心似地看著我的臉。

「別擔心，沒什麼大不了的。」

「但是……」

「都說沒關係了。」

我揮了揮手之後……

「嘖……好吧。」

桐乃火大地退回客廳裡去了。

這傢伙是怎麼了？

「這麼大驚小怪，害我的傷口越來越痛啦。」

雖然不用去醫院，但還是得處理一下傷口才行……

「急救箱不知道放在哪裡……」

找不到的話說不定得去趟藥局。當我一邊這麼想一邊脫下鞋子時，桐乃不知為何又從客廳裡走出來。她瞪了我一眼後才開口說：

「你拖拖拉拉的在做什麼？快點過來。」

「啥？」

「少囉唆，快點過來就對了！」

「…………」

我想要先處理一下傷口耶……為什麼得以妳的事情為優先呢？

我帶著很不爽的心情照著妹妹說的去做。才剛踏進客廳，桐乃便趾高氣揚地說：

「快，坐到那邊去。」

我又被命令要正坐了嗎？當我無奈地又準備坐到地板上時……

「不是那裡。是叫你坐在沙發上。」

桐乃指著自己常坐的那個位置。

「到底想幹嘛啊……」

雖然不知道妹妹究竟在搞什麼，但我還是坐到沙發上。

結果桐乃便蹲在我腳下，講出了令我大吃一驚的話來。

「我幫你消毒。」

咦咦咦？這……這傢伙剛才說什麼？

「煩耶……你那是什麼蠢表情！」

「…………」

從她現在的言行來看，這傢伙應該不是被外星人附身了才對。

「妳是哪根筋不對？」

桐乃從電視櫃下方拿出急救箱放到我面前。

「因為你笨手笨腳的，所以我才幫你。要感謝我的仁慈啊——」

「……是是是。謝謝喔——好痛啊！」

沾滿消毒水的脫脂棉才輕輕放到我臉頰上，我便馬上痛得大叫。

「你是男生吧？忍耐一下好嗎？」

「痛就是痛啊。」

我一邊嚷著「好痛、我快死了」，一邊讓妹妹幫我消毒傷口。

這時候我坐在沙發上，妹妹則是跪在我腳邊。

這完全是與平時相反的位置。總覺得這種情況真是有點奇怪。

有種熟悉……不對，應該說我還記得這種感覺。

雖然只是模糊的印象……

不過當我還是個乳臭未乾的小鬼時……桐乃曾經像這樣幫我處理過傷口。那個時候，我和桐乃之間的感情……好像還沒那麼差？我也記不太清楚就是了。

「喂……你這身傷是怎麼回事？這麼大了還學人家打架？」

「沒有啦……」

這該怎麼說才好呢？也不能說是從綾瀨家的樓梯上摔下來才會受傷的。

「那不重要啦。」

我含糊帶過之後，桐乃嘆了一口氣。喂，想嘆氣的人是我好嗎？

真是……妹妹竟然會幫我消毒傷口，這在以前是絕對不會發生的事。

曾幾何時，我的回憶裡已經充滿了桐乃的身影。

「我說……」

「什麼事？」

「那個……我呢……」

「嗯。」

……總覺得很難開口。

不過——我還是得對這傢伙說才行。

「跟黑貓開始交往了。」

下定決心後我開口這麼說道，桐乃則是瞬間停止了動作。

但馬上又開始幫我消毒。

「……是嗎，這樣啊。」

這傢伙竟然不覺得驚訝。啊啊……對了。我對桐乃提出忽然想到的問題：

「……妳之前說的……『我很重視的女孩』……指的就是黑貓嗎？」

難道說，桐乃她早就知道黑貓會向我告白了？

帶著這樣的想法提出問題後，桐乃卻沒有回答。而且她不回答就算了……

「好！結束了！」

還「啪嘰！」一聲用力拍了一下我的傷口。

「痛死了！」

雖然我因為這殘忍的虐待發出悲鳴，但桐乃卻自顧自地離開客廳。

可惡……到底怎麼樣嘛……？

於是，我和黑貓終於開始了第一次的約會。我們相約碰面的地點是學校正門口。這確實是個簡單明瞭的見面地點，但我不知道她為什麼一定得約在這個地方。雖然不清楚她接下來要帶我去哪裡，但不論是放學一起回家時和黑貓或麻奈實分手的那個丁字路口、我家或者是車站前面都比學校正門口來得好。難道說有某些理由必須避開剛才我所舉的那幾個地方嗎？

比約定好的時間還要早十五分鐘。我就已經來到正門口——

「……？」

結果已經有個奇怪的人直挺挺地站在那裡了。

首先最引人注目的是那個人的服裝。那是一件全白的哥德蘿莉風無袖洋裝。裙子前面有開口，露出一雙白色的腿。背後則有類似小天使翅膀般的飾品，而本人不知道是怎麼回事，臉上還戴著有缺口的面具。

「那個奇怪的面具是怎麼回事……」

眼前的景象伴隨從柏油路面上揚起的熱氣，讓我差點以為自己是不是看見了幻影。

但現實是相當無情的。

這個一看就知道處於電波狀態的人，無疑就是我那個可愛的女朋友。

此時她也注意到我的存在了。她以妖豔的眼神看著我，用比平常更加伶俐的聲音說：

「……你來啦。」
「……那個──黑貓？」
我以低沉的聲音這麼問道。
「……哼……你認錯人了。」
結果這個小姐給了我這樣的回答。接著她便以誇張的動作摘下面具。面具底下的眼睛各自戴著金色與紅色的隱形眼鏡，成為虹膜異色的貓眼。
她緩緩豎起手背，然後抬起一隻腳──以清亮的聲音報上自己的名號：
「……現在的我是聖天使『神貓』。是由黑暗眷屬轉生為白天使的存在唷。」
這傢伙一大清早就在發神經。
「……妳是黑貓對吧？」
「我……我都說不是了。」
黑貓停止單腳站立，不停眨著眼睛。她已經開始有點不高興了。
看來我要是不配合她的話，就得一直耗在這裡了。
「那……神貓小姐？我可以請問一件事嗎？」
「哼哼，什麼事呢？」
「這身打扮是怎麼回事？」

「這是聖天使的服裝唷。」

黑貓當場輕盈地轉了一圈。

看來神貓小姐很滿意自己今天的服裝。

我已經許久沒看過這傢伙臉上出現炫耀的表情了。

「妳為什麼長翅膀了？」

「因為由墮天聖『反轉』成聖天使，所以『象徵』也『具體化』了。」

完全不知所云。

「是喔……這是聖天使的服裝嗎……」

「嗯嗯，我前陣子就開始製作了。雖然覺得樣式會不會有點太大膽了──」

她的臉頰瞬間紅了起來。

「因為你說我很適合穿白色……」

她指的應該是桐乃幫她選的那件白色洋裝吧。

那件衣服確實很適合黑貓，我甚至還誇獎她變成「白貓」了呢。

也就是說──

現在又從白貓變成神貓了嗎？我腦袋已經開始混亂了……

「嗯……很適合妳唷。」

「真的？」

「當然。」

這是無庸置疑的。不理會造型相當奇特這一點，她還真的很適合這件白色衣服呢。而且比平常的黑色便服還要輕便，露出的肌膚也比較多……

「感覺比之前還要有女人味唷。」

「真……真的嗎？」

……想不到這傢伙還真經不起人家誇。耳朵開始不停動起來了。看來是「有女人味」這句話講到她心坎裡去了。

原來如此，只要稱讚她這些地方就可以了嗎？好……！

「呵呵……我只是問一下當成參考而已……你覺得今天我身上哪一個部分最有女人味呢？來——說說看吧？」

這是跟初次見面時一樣，那種故意裝出來的嬌豔聲音。她用這種聲音說話時，只要仔細觀察，就能發現她通常會把手背豎得很挺，然後還會毫無意義地用單腳站立。

……這可能是她的習慣吧？剛才她自稱聖天使的時候，也是擺出這種難以形容，又有些引人發笑的奇特動作。

兩個人走在路上的時候她要是忽然做出這種動作，那還真是有點丟臉耶。

唔姆……我就稱它為「狂暴的墮天聖姿勢」吧。

「怎麼了？快點回答啊。」

黑貓以狂暴的墮天聖姿勢這麼問道。

「露出很多肌膚這一部分還有……」

「……………」

糟糕，視線越來越嚴厲了。嗯……怎麼回答她才會高興呢？

這傢伙有女人味的部分嗎？有了！

「感覺胸部明顯比昨天還要大。」

「…………………………」

黑貓完全沉默不語。

然後不自然地眨了好幾次眼睛，面無表情地說：

「我們走吧。」

「喂，為什麼忽然改變話題了？」

「這不重要吧？」

看來我是踩到她的地雷了。

「好吧。那我幫妳拿東西。」

我一邊看著黑貓手上的籃子一邊這麼提議，結果她驚訝地問道：

「為什麼？」

「因為這樣比較像在約會。」

「笨蛋……你在說什麼啊？」

黑貓像是受不了般嘆了口氣，但還是將籃子交給我。

「順便問一下，這裡面裝了什麼東西？」

「便當唷……」

黑貓以極其細微的聲音說道。

「真的嗎？」

「……我不是說過……要每天幫你做便當嗎？」

原來她是說真的。

「女朋友親手做的菜嗎！太棒了！我超期待的！」

「不……不要有那麼大的期望……」

當我拿起籃子不斷盯著看時，黑貓把頭轉向一邊說：

「一定……比不上田村學姊啦。」

「妳在說什麼啊？這沒什麼好互相比較的——謝謝妳啊，我真的很高興。」

「是嗎……」

黑貓點了點頭，以很陶醉的表情抬頭仰望著我。雖然口氣不帶任何感情，但我聽起來覺得她應該很高興才對。

於是我們開始往前走去。雖然跟往常一樣並肩行走……但今天的情形有些不同。

因為今天可是情侶之間的約會啊。

我們就這樣默默走在上午無人的住宅區裡。其實也不是心情不好，只是兩個人實在太過害羞，根本不知道該說什麼才好。

「那個……那妳準備去哪？」

「首先去Yodobashi Camera。（註：日本的連鎖電器行）」

真的是非常普通的行程。我還以為會帶我去看哥德蘿莉服還是什麼的呢……

倒是，如果這樣的話，約在車站見面不是比較近嗎？

走在前面的黑貓帶著我來到了電腦賣場。

「妳要買什麼嗎？」

「沒有……只是看看而已。」

就像桐乃到秋葉原的公仔賣場時一樣，黑貓也隨口這麼回答。這時候黑貓的視線完全停在

展示櫥窗裡的機材上。

「……什……什麼！新型手寫板特賣會……？」

看見她像是遭遇宿敵般的動作，我不由得笑了出來。

「有……有什麼好笑的？」

「沒……沒有啦。妳想要這個嗎——？」

「嗯嗯。但是我現在還不會買。因為據我神眼的判斷，再過一個月還會更便宜……」

非常精打細算的特殊能力。黑貓平常雖然總是穿得很華麗，但實際上卻相當節儉。

與只會浪費的某人完全不同。

「……庫存只剩下兩個……？真讓人煩惱……」

她交互看著實物與張貼的廣告單，看起來還在煩惱當中。

……話說回來，這傢伙使用的道具，不論是手寫板還是筆記型電腦，全都歷經長年累月的使用，老舊到看起來像會跑出付喪神（註：日本妖怪傳說。器物放置不理之後將吸收天地精華變成妖怪）來一樣。

用心寶貝自己的工具——但會盡情使用直到它毀壞為止。對資金有限的學生來說，這本來就是理所當然的事。

……她應該想要新的工具了吧？

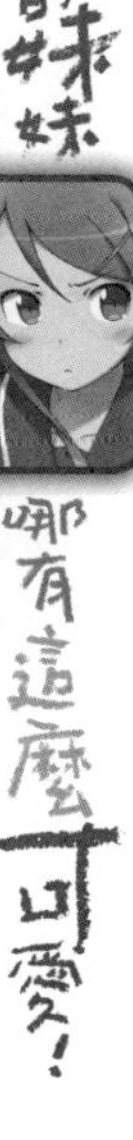

「那個……」
「再……再讓我考慮一下就好……」
視線沒有離開商品的黑貓直接這麼說道。
我苦笑了一下，對她說出這樣的提議：
「我買給妳吧？」
手掌整個貼在展示櫃上的黑貓只有將頭轉回來，開口說：
「──咦？不……不用啦。沒有理由……讓你買這個給我。」
「妳不用客氣唷！那個……就算是我們開始交往的紀念嘛……」
「────」
黑貓那黑色的裸眼整個瞪大，筆直凝視著我眼睛深處。
似乎要從眼睛裡看出我的心意一般。
我在視線裡加上力道回看之後──黑貓便以困惑的表情歪著頭這麼對我說：
「……這麼說讓我覺得有點噁心耶。」
「喂！」
咦──？難道說我失敗了嗎？
「妳……妳想要那個不是嗎？可以的話，讓我把那個，當成禮物送給妳吧──我可沒有什

麼不良企圖唷。」

當然不是完全沒有啦——

我結結巴巴地辯解著。結果黑貓竟然面無表情地這麼問我：

「你真的沒有和女孩子交往的經驗嗎？」

「沒有啊。為什麼這麼問？」

「因為……不知道該說很貼心……還是說很溫柔……總覺得好像很熟練的樣子。」

呼……太好了。我還以為說錯話讓她幻滅了呢。

看來方向還算正確。我取回自信挺起胸膛說：

「這是和桐乃兩個人一起出去時，被她不斷調教出來的。所以才會這樣。」

「……哼……原來是這麼回事。」

黑貓微笑道。她一定是在想像我被妹妹呼來喚去的模樣。

「不愧是妹控。」

「吵死了。」

我發出哼一聲後將頭轉到一邊去。

黑貓笑嘻嘻地說：

「不過，我想還是不用了。你有這份心意就好——」

「是嗎？真的不用客氣唷。」

「嗯嗯。因為之後或許會有更想要的東西出現。到時候如果你的存款如果已經用完了，那不是很可惜嗎？」

「說的也是。」

我的存款終究有限。不過剛才那送禮物的提議，也算是被黑貓巧妙地否決掉了吧。可惜，我女朋友防禦力非常強。沒辦法靠這麼簡單的手段來提升她對我的好感。

看過電腦賣場之後，我們在電玩遊戲賣場晃了一下，接著便坐電梯到上面的樓層。

這棟建築物裡除了Yodobashi Camera，還有好幾間商店。而接下來黑貓選擇的是——

「到書店去吧——」

真的是很普通的行程。黑貓在這裡也什麼都沒買，在店裡逛了一圈之後……

「這就是mascheraa原案所畫的漫畫。設定與書名雖然有些不同，但也可以稱為mascheraの原作了。」

她就這樣告訴我自己喜歡的書籍。

緊接著——

「我們到遊樂場去吧。讓我告訴你我喜歡的遊戲。」

於是我們兩個人便在那裡玩著現在已經是老舊機台的SISCALYPSE以及有些年代的格鬥遊

戲。隔了許久之後，才又在這裡看到黑貓那神技般的遊戲技巧。

當我們離開遊樂場時……

「那接下來要去哪裡？」

「我打工的地方。」

「咦？妳今天不是休息嗎？」

「嗯，是啊。只不過——想讓你看看而已。」

「這樣啊……」

這傢伙不知道在想些什麼。不過呢，黑貓打工的地方嘛……我也滿好奇的就是了。

雖然有種不像在約會的感覺。桐乃、沙織、黑貓和我——曾經好幾次四個人一起出去玩，現在這種情形，就好像……桐乃跟沙織兩個人不在而已嘛？

當然我也不是在抱怨啦。

服裝與平常不同的黑貓（自稱：神貓）打從一開始就處於亢奮狀態。以這傢伙的個性來說，很少能像這樣一眼就看出她開心的模樣——所以說，這也算是很難得的經驗。

光是這一點就讓我很高興了。因為黑貓讓我感覺到她非常享受與我的約會。

只不過，也正因為這樣……讓我覺得有點不足。總覺得還可以有什麼其他的要素比較好。

這時候我數度開闔並凝視著自己的右手。

「那……那個——」
「唉呀，有什麼事嗎？」
各位，我現在要全力對我的女朋友展開攻勢了。
順利的話，請大家以後要叫我情場王子京介啊。
「……要不要牽手？」
「咦？啊——」
黑貓聽見我的提議之後，瞬間將雙手藏到身後去。
「你……你你你……你在說什麼啊！」
「沒有啦，不行的話就算了。」
我女朋友也太敏感了吧？怎麼會這麼青澀呢？
「啊啊——和桐乃約會的時候她還挽著我的手臂呢～結果黑貓卻連手都不讓我牽嗎～真是太可惜～太遺憾了～」
「你這人……不是以為只要說出『妹妹允許我做的事』，我就會也跟著允許你這麼做吧……？」
「沒有沒有，如果是那樣的話，我就會說『桐乃她讓我摸胸部了』。」
「什……你……你……碰了妹妹的胸部？」

「怎麼可能！別鐵青著臉擺出『不敢相信』的表情好嗎！」

別把不可能的玩笑當真好嗎！太恐怖了吧……這下子，她不會以為我真的有點想摸桐乃的胸部吧？真是的，妳真的想太多了啦。

或許有人會用「同人誌配送搶奪事件」來吐槽我，但那已經過了法律追訴期。

「在這麼多人的街頭想跟我牽手……真是不要臉的雄性動物。」

可惡……照這樣看來，還得花上許多時間，才能跟她做色色的事情了。難得都交到女朋友了，這樣實在很可惜，但要是操之過急而偷雞不著蝕把米就糟了。

看來也只有放慢腳步一直交往下去了。重要的是忍耐忍耐再忍耐。

而且呢——《命運紀錄》的某個地方——「黑貓想和我做的事情」裡面——一定會寫有「和學長接吻」這樣的預言才對。

我相信黑……不對，應該說相信神貓唷！我想大家一定也這麼認為對吧？

「——我知道了啦。不好意思喔。不行的話就算了。」

「也……也沒有不行啦。」

「咦？」

「手。」

黑貓一臉認真地對我伸出一隻手來。

其實應該不能說是伸而是推了過來。因為她的肩膀很明顯十分用力。

「我們牽手吧……！如果這就是命運的話……！」

喂。什麼時候變成那麼誇張的一件事了……

「嗯……那好吧。」

我拉起黑貓光滑的手，輕輕握住。

「呀！」

「別……別發出怪聲好嗎……」

嗚喔，好柔軟啊。

「因……因為你這麼粗魯就……」

「別……別講這種奇怪的話！」

「什……那……那是因為你自己要往低級的方面去想吧……？」

原本只是輕輕握住黑貓的手，她卻用力握了回來，簡直就像在說「別想逃了！」的樣子。

「…………」

我們就這樣牽著手，凝視著彼此好一陣子。

「走……走吧。」

她像是要掩飾害羞的心情般，拉著我往前直走。這時候我腦袋裡想起來的，果然還是和妹妹約會時的事情。因為我從來沒有和「女孩子約會」過，所以希望大家就原諒我老是把妹妹拿來當成樣本吧。總之呢——我之前和桐乃約會的時候，可以說與現在完全相反。

那一天，桐乃那傢伙不斷地問我「要去哪裡？」、「接下來要做什麼？」，自始至終都沒有改變這種讓男生主導約會的態度。

由女孩子決定行程然後拉著我走這種情形，老實說比較像聖誕節到澀谷去的時候。

「妳打工的地方是……」

「馬……馬上就到了。」

走不到幾公尺的距離，我便感到一陣暈眩。

……糟糕了，害羞到想死掉。沒開玩笑，我真的快流鼻血了。

當我因為沉浸在幸福當中而腳步蹣跚時，牽著我手的黑貓忽然蹲了下來。

她用手帕遮住嘴角，低著頭看著地面。

「怎……怎麼了？」

「嗚……」

……難道是貧血嗎？在周圍的視線注目之下，我畏畏縮縮地在旁邊守護著她，結果黑貓終於緩緩站起身來。她依然用手帕遮住臉的下半部分，眼眶含淚地瞪著我。

「……我去一下洗手間。抱歉，請你在這裡稍等一下。」

「嗯，好。」

等了幾分鐘之後。走回來的黑貓，一開口就說：

「……牽手走路等練習一陣子之後再開始吧。」

她恨恨地這麼囁嚅著。

黑貓打工的地方是一間小小的舊書店。

「老婆婆店長是我媽媽的朋友……所以讓我來這裡幫忙。」

可能是不好意思吧，黑貓說話的聲音似乎越來越小。不好意思的話，其實也不用特別帶我過來啊。實在搞不懂這個傢伙。

「書店嗎？哈哈，剛好適合喜歡看書的妳。」

「是啊。我也覺得比以前的打工還要適合我。」

「以前的打工？那妳之前是做什麼工作？」

「…………」

啊，好像又踩到地雷了。

「之前也是書店唷。雖然被炒魷魚了——」

被開除了嗎？這傢伙應該很不會應付客人吧……

「咳咳——總之呢，我現在就是在這裡打工。以後說不定會跟你約在這裡見面。」

「——說得也是。妳打工的時候我就到這裡來接妳吧。這樣就能一起回去了對吧？」

「……隨你高興。反正就算我說不用你也還是會來吧？」

「正是如此。」

繞了一陣子之後，時間正好來到中午。由於黑貓已經做好了便當，所以我們便到附近的公園去。在溫暖的日照當中，我們兩個人一起坐在板凳上。

「我要吃囉。」

「請……」

黑貓幫我做的是小小的飯糰。

「……裡面包了什麼？」

「海苔直捲的是包昆布。橫捲的是包野澤菜。灑芝麻的是鹹菜……」

「怎麼都是草！」

「……不行嗎？」

「沒有啦，只是覺得能不能也包點肉之類的——……」

我們就這樣一邊吃便當一邊閒聊。

坐在旁邊低著頭的黑貓忽然冒出這麼一句話：

「——那個，學長……」

「……嗯？怎麼了？」

「今天……那個……會很無聊嗎？」

她用幾乎要哭出來的聲音這麼問道。我嚇了一大跳之後急忙否定著說：

「沒那回事！妳怎麼突然這麼問？」

「是……是嗎……那就好。」

聽見我這麼說後黑貓很明顯地鬆了一口氣。

「和我在一起……也沒辦法講些高興的話題……尤其我也沒有和男生交往過……你會不會後悔答應跟我交往？」

這傢伙，怎麼時常會變得如此沒有自信呢？明明平常都是那種高傲的態度，但不知道為什麼自我評價那麼低。我覺得黑貓真的是個非常漂亮又可愛的女孩子，當然這不是奉承，而是出自客觀的評價。但黑貓本人似乎不這樣認為。

神貓模式的時候就算了，平常要是誇獎她的容貌就一定會害羞，然後氣著說「別開我玩笑了」、「別耍我」。

「我才沒後悔呢。今天半天和妳在一起，我真的很快樂。妳告訴我這麼多關於自己的事情，我覺得很高興唷——」

「……真的？」

「嗯！不過如果便當可以稍微放一點我喜歡的料會更好一點。」

如果要和黑貓交往的話，今後每當她心情低落而喪失自信時，我應該都要像這樣安慰她吧。忽然感覺這就是我的使命。

而這——一定是很值得我去做的事情。

「呵呵……謝謝。學長真的好溫柔喔。」

因為可以看見她臉上出現這樣的笑容。

這時我忽然發現——難道說，今天的約會是……

黑貓像是看穿我的心意般，從包包裡拿出黑色筆記本。

「……今天儀式的目標已經達成了。」

黑貓打開筆記本，指著其中一點這麼說道。

寫在上面的文字是這樣的：

——讓學長了解我。

……原來如此。所以黑貓這傢伙才會淨帶我到與自己有點相關的地點去嗎？我們兩個人一起完成了一項「黑貓想做的事情」了。

我今天又多了解了一些黑貓的另一面……然後，又變得更加喜歡她了。

黑貓畫在《命運紀錄》最後一頁的願望。具體來說究竟是什麼——我到現在依然不清楚。但是，對她來說一定是很重要的目的才對。在進行「儀式」的時候，她總是比平常還要容易顯露真心，就像神貓模式那樣，有時甚至可以說像小孩子一樣喧鬧。

一想到自己能為她臉上的那種笑容出一份力，我就覺得非常高興。

「看來我們已經按照那本筆記本做了不少事了。」

「嗯嗯，是啊。」

我開始期待下一頁寫著什麼樣的內容了。

第一次約會回家的路上。我和黑貓並肩走在夕陽當中。

「那個……學長？我可不可以有個任性的要求。」

「嗯，什麼要求？妳盡量說沒有關係。」

「今天……我希望你送我到家門口。」

——**讓學長了解我。**

首次約會的最後，要用告訴我她家在哪裡來做結束嗎？那麼我的答案當然也只有一個。

「那有什麼問題？我還想拜託妳讓我送呢。」

黑貓點點頭，轉向前方。於是我們再度默默地往前走去。

她那染上黃昏朱紅色的側臉，讓我覺得相當美麗。

不久之後——

「到了。這裡就是我家唷。」

那是一棟相當有味道的平房。它被一圈樹叢圍住，家裡的玄關則是由一扇小門守護著。

忽然傳來「喵嗚——」的聲音。

抬頭一看，發現屋頂上有隻黑貓正往下看。牠脖子上掛著紅色項圈，上面還有一顆鈴鐺。

「那不會是妳們家的貓吧？」

「是啊。」

「叫什麼名字？」

「黑夜。」

「這樣啊。」

我們兩個人的對話相當簡短，簡直就像男生互傳的簡訊一樣。

「謝謝你送我回來。」

「我才要謝謝妳告訴我妳家在哪裡呢。那下一次的約會，妳有什麼打算——？」

即使這種幸福的時間馬上就要結束，但我們還會有下一次。

每天都像祭典，又像畢業旅行的前夕一樣——讓人心跳不已的不尋常日子將持續下去。

所謂的「交往」，似乎就是這麼一回事。

聽見我的問題之後，黑貓便用可愛的動作拿出黑色筆記本。

《命運紀錄》。這是寫著我們未來的預言書。

「這個…………」

她害羞地指著某個地方，上面寫的字是……

——**請學長來我家。**

……怎麼忽然就丟了一個天大的難題過來。

隔天——是我和黑貓第二次的約會。我在上午便做好出門的準備，朝昨天剛得知的黑貓家走去。

到女朋友家裡去。聽起來多麼甜美的一句話啊。雖說被叫去綾賴家時我的心也是小鹿亂撞，但那其實參雜了不少對綾瀨大小姐的恐懼，而且我也早就知道不可能跟那個女人有什麼卿卿我我的發展了。但是——今天我要去的是「我女朋友的家」。

我再說一次——是我女朋友的家。

而我現在內心的期待越來越高了。呵呵呵……呵呵呵呵……

「啊——真是期待啊！」

我不由得振臂疾呼。

雖然路上行人用看著傻瓜的眼神看著我，但是我完全不在乎唷！

今天也一樣是個盛夏的日子。走在無情照射的太陽底下，即使只穿著薄薄一件T恤也讓人感到頭昏眼花。某人說過有妖氣膜可以守護她的身體——我還真想叫她教我使用方法呢。

就這樣，我離開家門不久後就到了黑貓——也就是五更家。其實從很早之前，我就由她回家的時間稍微察覺到我們兩家應該住得滿近了……只是想不到竟然會近到這種程度。

由於實在太近，讓我比預定時間要早許多就抵達目的地了。

這是一棟帶有懷舊風味的和式房屋。更正確來說，應該是帶有昭和味道的房子。

由於至今為止都沒有來過這裡，所以目前身處於此這件事讓我有種非常不可思議的感覺。之前黑貓完全沒找我們到她家玩，所以應該連桐乃也沒到過黑貓的家。雖然這樣想實在有點丟臉，但我確實稍微對妹妹有了一絲絲的優越感。

夥伴中最先被招待到黑貓家來的不是桐乃而是我！

「呼哈哈！那麼……」

當我準備按下對講機的按鈕時，原本就半開的玄關忽然冒出一張臉來，我這才發現原來是黑貓半瞇著眼一直凝視著我。

「……啊，妳在啊。」

我在女朋友家面前喧鬧被看見了。情況尷尬到讓我想哭。

今天的黑貓是白貓模式。身上與夏Comi時一樣，穿著那件像十八禁遊戲女主角的服裝。

「我可不是特別在這裡等你，只是剛好要來信箱拿東西而已。」

不用說這種藉口我也知道啦。現在距離約定好的時間還有十五分鐘耶。

「——算了。你先進來吧。」

「嗯嗯。」

黑貓這麼催促我，而我也終於踏進「女朋友」的家裡。

裡面有個小小的庭院，進到內部之後發現正面與右手邊都有走廊延續著。由玄關開始就能見到許多拉門則是讓人印象深刻。

「——先告訴你，這是用租的唷。」

我才正要講出「真是不錯的房子」這種誇獎的話而已呢。看來黑貓也可以先查覺出我要講些什麼話了。這足以媲美麻奈實的洞察力讓我著實嚇了一跳。

「怎麼，妳這傢伙能看穿我的心思嗎？」

我才剛這麼問，走在前面的黑貓臉頰馬上就紅了起來。

「……呵……這是情侶之間『愛的靈魂羈絆』唷。」

「妳剛才是不是說了從認識妳以來最讓人覺得害羞的一句話？」

「────」

走在前面的黑貓轉過身來，狠狠地瞪了我一眼。

看來與神貓模式時不同，目前還是有羞恥心的自覺。

「哼哼……看……看來你還不能和我共有相同的世界觀……真是遺憾！」

「什……麼！」

……這……這女人難道想讓我變成和她有相同的世界觀？

這樣的話，我們不就成了邪氣眼情侶了嗎？

這太糟糕了。就算會惹她生氣，我也得先把話說在前面才行。

我對著生氣而快步往前走的白貓小姐這麼說道：

「我說……黑貓……」

「什麼事？來，房間到了。」

「真的嗎？太棒了，可以進妳房間嗎？」

「你……你是笨蛋嗎？不要有那麼齷齪的想法可以嗎……這是客廳唷。」

「嘖，搞什麼嘛。」

不是說搞什麼的時候了。得趕快跟黑貓說我沒有跟她成為邪氣眼情侶的打算啊。

「那……那個……黑貓……」

「這……這次又是什麼事？」

「——我確實因為玩了cosplay而逐漸喜歡上maschera。雖然如此，但我可沒打算讓我被稱為什麼『墮天之獸』的前世記憶恢復過來喔！抱歉喔——」

「……哼……看來你前世的記憶恢復得很順利嘛？真是太好了。」

咦……咦？想不到話題這樣也能湊得起來啊？

「為什麼露出一臉痴呆的表情？快點進來啊？」

黑貓打開拉門催促我。

「喔，好。」

我帶著一肚子的疑惑走進客廳。這裡是充滿了生活感的空間。除了卸下棉被的暖爐桌之外還有小小的映像管電視。深處則可以看見廚房。

「隨便坐。我去幫你泡茶——」

喀嘰。黑貓隨手按下電風扇的開關，然後朝廚房前進。

「謝啦。」

我照她的指示在坐墊上坐了下來。

這裡雖然有些老舊，但給人一種安穩的氣氛。

我一直覺得居民的個性會反映在房子給人的感覺上。

不論是高坂家、田村家、槙島家還是新垣家都是一樣。

這樣看來，黑貓的家人……應該都是很好的人吧？

我帶著溫柔的心情看著牆壁。上面貼著用蠟筆畫的梅露露畫像。

這一定是黑貓的妹妹畫的。

將視線往旁邊看去之後，看見電視機旁邊放著一整組的梅露露ＤＶＤ ＢＯＸ。

——這是以前桐乃硬塞給黑貓的。

「哇～原來這東西還在這裡啊。」

「就算我說要還你妹妹也不收唷。」

我的自言自語忽然有了答覆。回頭往聲音的來源看去，發現黑貓已經在托盤上放了茶與點心走了回來。

「妳妹妹喜歡梅露露？」

「嗯嗯。不過——看了第三季的第一集之後就大哭了起來。」

「的確很有可能。」

我來簡短說明一下梅露露第三季第一集的內容好了，變成暗黑魔女的梅露露以壓倒性力量將過去的夥伴全部消滅，然後不知道為什麼又讓她們全部復活，接著就離開了。桐乃雖然很高興，但對小朋友來說這樣的劇情發展實在是太過黑暗了。

「惹我妹妹哭的動畫只是狗屁。我正想向ＢＰＯ（註：類似台灣ＮＣＣ的機構）抗議呢。」

黑貓一邊把茶放到暖爐桌上一邊生氣地說道。

看來這傢伙也是妹控。

我以輕鬆的口氣對在我旁邊坐下的黑貓問道：

「那妳妹妹呢？」

「兩個人都去外面玩了。」

「這樣啊，真可惜。我還想說可以跟她們碰面呢。」

「……蘿莉控？」

「才……才不是！對……對女朋友的家人有興趣也是理所當然的事吧？」

別用那種「這男人瘋了嗎？」的眼神看我好嗎！

其實說起來，在黑貓成為我女朋友之前，我便有些在意這傢伙的家人了。

雖然有個傢伙一定比我還要有興趣，但還是希望大家不要把我和有「萌妹」這種煩惱的桐乃相提並論。

「那個——那妳父母親呢？」

「今天都不在家。」

原來不在家啊。

嗯？等等？這麼說……也就是……那個……

「現在妳家只有我們兩個人在嗎？」

「是……是這樣沒錯……」

黑貓瞄了我一眼，然後立刻把頭轉到一邊去。

我的目光完全集中在她白嫩的脖子上。

「那……那又怎麼樣？以前也時常這樣不是嗎？」

「說……說的也是。」

之前就不知經歷多少次兩個人在我房間裡獨處的狀況了。現在只不過是和女朋友兩個人單獨待在她家裡，根本就沒什麼——

怎麼可能沒什麼！這……這這這……這種狀況，我該怎麼辦才好呢……

………………

此時帶有深意的沉默籠罩在我們之間。原本異常吵雜的蟬鳴聲忽然靜止，讓我有種兩個人所在的空間與這個世界完全分離的錯覺。

只有秒針咖嘰、咖嘰移動的聲音主張著時間依然在流轉中的事實。

我的頭開始發昏、臉頰開始發熱。一個不小心就會暈過去了。

「喂喂，黑貓……」

我帶著「妳也說句話嘛」的意思碰了一下她的肩膀，結果她卻強烈抖動了一下。

黑貓像是生鏽的機器人般僵硬地轉過頭來——但眼神還是無法與我相對，只是低著頭緊咬著嘴唇。

「什……什麼事啊……學長。」

這傢伙已經全身僵硬了。動作雖然很可愛，但好像變成我在欺負她的樣子，讓我開始覺得她有點可憐。

……真拿她沒辦法。

我「呼」一聲吐出一口氣後，讓自己的腦袋稍微冷靜下來。接著我便把放在她肩膀上的手移動到她頭上，然後盡可能以溫柔的聲音說：

「妳太緊張了啦。我不會對妳怎麼樣的——」

「咦……？」

黑貓瞪大眼睛抬起視線來看著我開口說：

「是……是嗎？」

那是聽起來有些安心、有些可惜但又說不出所以然來的聲音。

……感覺從世界外圍傳來「你這沒用的男人」這樣的聲音。

我有什麼辦法嘛！怎麼可能行動！只要看見她那種因為過於緊張而快哭出來的態度，任何人都一定會猶豫的！相信我！

「呵……呵呵呵……」

黑貓確認我不會襲擊她後馬上就恢復正常，開始發出惡作劇般的笑聲。

「學長，想不到你這麼沒用？」

明明能用這種像成熟惡女般的聲音說話，但剛剛才碰了一下肩膀她就害怕到整個人縮起來了喔！所以你拿這傢伙有什麼辦法嘛。

「哼，隨便妳怎麼說。」

我也只能這麼回答了。

「……呵……有個跟小孩子一樣的男朋友真是讓人困擾啊。難得只有我們兩個人在……算了，那我們今天就一起看動畫吧。你覺得如何啊，小京？」

「我覺得無法接受…………」

——請學長來我家。

於是我們便一起看mascherа來度過這一天。

我們又達成了一項「黑貓想要做的事情」。但我還是有點不太足夠的感覺。當然不是指沒做色色的事情唷！真的真的，我指的不是那回事——

「今天一整天都待在這裡嗎？還是要去什麼地方？」

「……關於這一點，我已經有主意了。」

這傢伙真的很愛自己訂計畫耶。

嗯，不過我本來就不喜歡想這些事情了，算起來兩個人剛好滿合的啦。

「這樣啊……」

我隨口答應了一聲，將視線移回電視上後，發現正播到mascherа第二季的精采片段。

馬上就要來到「與夜魔女王之間的契約」這個場景了。

與第一季的搭檔——路西法對立的男主角，為了追求新的力量不惜與殘留在自己靈魂裡的過去宿敵「女王」訂定「契約」——嗯……雖是這麼說，但我也覺得這個設定不太好理解啦。

總之呢，男主角——真夜與「夜魔女王」舉行了「訂定契約的儀式」……

不過呢，那個儀式……帶著點色情的感覺。

「……………………」

「…………………」

——真是尷尬啊。這傢伙和我一起看著這種畫面，難道都不會胡思亂想嗎？

當我一個人浮躁不已時，默默看著電視的黑貓忽然站了起來。

她用遙控器暫停了maschera的播放，接著說：

「……學長，可以請你等我一下嗎？」

「嗯嗯。」

可能是去上廁所吧？我一開始是這麼想的，但黑貓離開客廳後過了好一陣子都沒有回來。

「……如果是廁所的話也太久了一點吧……」

開始覺得無聊的我，將拉門拉開後把頭探出走廊。結果……不知道為什麼，竟然從走廊前方傳來了「嘩啦嘩啦」的水聲。

我腦海裡馬上閃過桐乃在愛情賓館裡淋浴的情景。

然後就是剛才電視上播放的，兩個人以全裸狀態訂契約——緊緊相擁的畫面。

「……咦？」

不會吧……？黑貓她……跑……跑去洗澡了？

我馬上躡手躡腳地走到傳來水聲的地方。結果，水聲果然是從浴室裡傳出來的。透過毛玻

璃，可以看到黑貓的剪影。

「…………………………」

不曉得大家能不能理解我目前焦躁的心情。

讓我們來整理一下狀況吧。在女朋友家和她一起看卡通，結果出現了帶點情色意味的畫面。於是她在留下了一句「可以請你等我一下嗎」後，就直接跑去洗澡了。

這就是說……這就是說……

「嗚喔喔喔喔喔喔喔喔喔！怎怎怎怎怎……怎麼辦！」

冷靜下來啊。

快點冷靜下來。這種時候應該保持冷靜，然後回到客廳裡靜靜地等待才對吧？

而且也不一定就是那麼一回事啊？

「不過不過不過！嗚啊——！咿——！」

我一邊回到走廊上，一邊抱著頭發出怪聲。

我走回客廳，毫無意義地蹲坐在地板上保持待機模式。

………………我感覺時間異常緩慢地流動。

不是啊……我覺得「不足的地方」，指的不是這種事情啊……！

不！當然我也不是完全沒有期待！但我想的是更加健康的——

「我們回來了！」

就在這個時候，兩道聲音宣告著接下來將有爆炸性的發展。

那是兩道幾乎同時響起的女孩子聲音。

「姊姊，有沒看過的鞋子在家裡唷！」

「喔，真的耶。瑠璃姊～有誰來了嗎～？」

啪噠啪噠跑過走廊的聲音離我越來越近。

「難道……是黑貓的兩個妹妹？」

——喀啦。

拉門被打了開來，接著有兩名長得很像的女孩走進客廳。

「啊！」

「唷！」

女孩子們&我看見對方後各自發出聲音。

嗯…嗯…這下子該怎麼辦呢？

「打擾了……」

我還是先禮貌性地打了聲招呼。

「知道了，我們讓你打擾。」

講出這種天然呆可愛答案的，是頂著一頭馬桶蓋髮型的女孩子。年紀大概是幼稚園大班左右——不對，黑貓以前曾經說過跟最小的妹妹一起去做「收音機體操」，所以應該是小學一年級才對。她身上穿著適合她這個年紀的梅露露圖案T恤以及裙子。她怎麼看都是桐乃最喜歡的類型，所以絕對不能讓那傢伙到這個家裡來。

緊接著……

「嗚哇哇……」

另一個看起來很有精神的女孩，大概有小學高年級……左右的年紀吧？綁著很適合她的雙馬尾，臉型雖然跟黑貓很像，但乍看之下給人的印象可以說完全相反。見面不到幾秒鐘的時間，她臉上的表情就變化了好幾次，給人一種相當活潑奔放的感覺。

「……男……男……男男……」

話說回來，這邊的「大妹」為什麼看起來這麼驚訝呢？

「？」

「瑠璃姊的男朋友啊————————!!」

大妹用力張開嘴巴，叫出了嚇死人的一句話。

「咦咦？」

「太厲害了——！想不到真的有！」

活潑的大妹興奮地喧鬧著。

「哇呀～～！我就覺得她最近很可疑！之前說過『……我接著要打一通很重要的電話。從現在開始的一個小時內……要是接近我房間或是吵鬧的話……我就降下魔王的詛咒讓今天晚餐的一道菜消失在黑暗當中』！像今天還忽然說『……呵……很可惜，妳們的程度沒辦法應付這場戰役……乖乖在外面玩到傍晚再回來吧』！難怪要這樣偷偷摸摸、鬼鬼祟祟的——」

黑貓這傢伙，在家裡也是這種態度嗎……想不到這樣也能溝通啊。

大妹不斷由鼻子裡噴出氣息，自顧自地將整件事歸納出答案來了。

「原來是這麼回事啊……嘿～～～～～」

「嘿～～～～？」

小妹也模仿著她的姊姊（我想應該不知道意思）發出有趣的聲音。

「不……不是的！妳們有點搞錯了！」

「咦？不是嗎？」

「——沒有，是沒錯啦。」

「看吧！果然！真是～幹嘛害羞啊！這個小哥！」

大妹開始用手肘戳起我來。可惡，這小鬼怎麼回事，我跟妳很熟嗎！

來整理一下目前的狀況吧——在女朋友家和她一起欣賞動畫，結果畫面出現了帶點情色意味的鏡頭。她忽然留下一句「可以請你等我一下嗎」，然後就跑去洗澡了。最後——

當她在洗澡的時候，她的家人回來了。

喂喂喂，即使堅強如我，這種發展也太殘酷了吧……

黑貓！妳快點來啊！

「我叫高坂京介。那個——和妳們姊姊是同一個社團的夥伴。請多指教。」

為了轉移話題而先開始自我介紹，結果大妹卻有了強烈的反應。

「嗚哇！我聽過這個名字！」

「咦？」

「瑠璃姊常和一名『bitch小姐』在電話裡吵架，你是她哥哥對吧？」

「嗯嗯，毫無疑問那就是我了。」

……桐乃，黑貓妹妹記住妳的方式，妳知道了一定會瘋掉！

「那個……我可以稱呼你bitch哥哥嗎？」

「不行！叫我別的名字好嗎？」

「咦咦～？那……」

當大妹將手指放在嘴唇上陷入沉思時，小妹率先開口說話了。

她露出最燦爛的笑容叫了聲——

「葛格。」

「咦？」

「葛格。」

「啊，嗯嗯。」

「耶嘿嘿。」

不會吧……？地球上竟然存在如此可愛的生物？

不過我反而開始有點悲傷起來了。

明明有如此可愛的妹妹，但我妹妹——卻是那種德行。

真的讓人很想哭啊。

不過，最近稍微——

會讓我看見她比較可愛的一面啦！

就這樣，小妹就決定以「葛格」這個名稱來稱呼我了。

除了小雅之外，她是第二個會這麼叫我的女孩子。

另一方面，還在考慮怎麼稱呼我的大妹——

「那我先叫你高坂大哥好了。」

「嗯，我想也差不多是這樣了。」

「我叫日向，五更日向。她是老么，珠希。」

大妹——日向溫柔地碰了一下小妹的肩膀，小妹——珠希則很有禮貌地對我行了個禮。

「請多指教，葛格。」

「也請妳們多指教唷。那——我就叫妳們珠希和日向可以嗎？」

「好~」「嗯！」

等不及黑貓回來，我們就先行結束自我介紹了。

這時日向在房間裡左顧右盼了起來，然後對我提出理所當然的問題：

「高坂大哥，瑠璃姊——姊姊她人呢？」

「咦？那個……她叫我等一下，然後就離開不知道去哪裡了。」

糟糕！

「嗯？嗯——？嗯——？」

日向用大拇指頂著下巴，以訝異的表情看著我的臉。

「有……有什麼事嗎……？」

我試著用僵硬的笑容來拖延時間。但下一瞬間，我無謂的抵抗馬上就被終結了。

不知道什麼時候失去蹤影的珠希，又砰砰砰地跑回客廳裡來——

「——姊姊大人好像在洗澡唷？」

完了……

聽見小妹天真無邪的報告後，日向柔軟的臉頰扭曲起來，浮現出一個相當邪惡的笑容。

「原來——瑠璃姊她跑去洗澡啦。」

妳這臭小鬼。思想別那麼邪惡好嗎？

由於不能這麼說，所以我便採取了這樣的行動。

「哈……哈哈……原來如此。那傢伙跑去洗澡啦。明明客人還在家裡呢，那傢伙也真是奇怪～啊哈哈哈哈……」

拜託妳饒了我吧，黑貓小姐。

為什麼我到女朋友家來玩，還得講出這種牽強的理由呢？

我把手放在後腦勺，不斷以僵硬的笑容想把事情蒙混過去。

瞪大眼睛看著我的日向這時候冒出一句話來：

「你真不會說謊。」

少囉唆！

「算了，這不重要。」

日向沒有繼續逼問，趴著向我爬了過來。由於她穿著稍大的洋裝，肩帶也因此而滑落。

「我說高坂大哥啊……」

「嗯？什麼事？」

就算妳做出這種像十八禁遊戲ＣＧ的動作，我也一點都不會覺得高興唷。

「高坂大哥你……會和瑠璃姊結婚嗎？」

「噗！」

我嗆到了。

「為——什麼突然這麼問？妳也跳太快了吧！」

「咦——？因為瑠璃姊前陣子曾經說過一些話——我想那說的應該就是你吧……」

「她……她怎麼說？」

「『……哼……別瞧不起人了。我也是有跟我訂完「契約」的男人……他目前在這個世界的名字叫「京介」。當我過去還是「黑色野獸」時，他就已經是要成為我伴侶的動物了…

…』」

那個笨蛋對自己的妹妹胡說些什麼啊？

「原本以為不是腦內男友就是二次元男友的說——」

「妳也是很過分耶……」

「沒想到真的存在！真的嚇了我一大跳！然……然……然後啊……也就是說——『契約』……指的應該就是那件事吧？哇呀啊啊～～～～～～」

如果這是在動畫裡面的話，日向的腦袋上面應該會飛出許多愛心圖案吧。

「我不知道妳腦袋瓜子裡想的是什麼情形！不過那都是誤會！」

「那『契約』究竟是什麼？」

「……誰……誰知道啊。應該只是把動畫裡的台詞直接搬過來用吧？」

雖然我說完就把頭轉到一邊去，但珠希卻插話進來說：

「就是親親對吧？」

「嗚嗚！」

這……這孩子——

這時候，可以聽見有跑步聲從走廊上傳過來。

「在……在吵什麼啊……你你你你——們…………」

「啊，僵住了。」

回頭仰望僵硬的姊姊後，日向這麼囁嚅道。

沒錯，跑進來打斷我們對話的人就是黑貓。

她果然是剛洗完澡出來，可以見到她全身都有霧氣升起。房間裡的溫度因而升高，一股肥皂香味直衝我的鼻腔。

「這……這到底是……怎麼回事？」

「正如妳所見。」

「……！嗚……」

黑貓惡狠狠地咬緊牙關。然後又惡狠狠地瞪了腳邊的日向一眼。

「……妳們兩個……我不是要妳們在外面玩到傍晚再回來嗎？為什麼妳們會在這裡？」

被逼問的日向對著珠希微微一笑，然後說：

「因為外面很熱。對吧？」

「對啊。」

珠希也笑著同意。

然後黑貓便自己一個人開始發飆了。

「是嗎……要說的話就只有這些？」

「糟……糟糕！瑠璃姊超級火大……救救我們啊，京介大哥！」

「救救我們～葛格～」

在黑貓龐大的壓力之下，這對小姊妹一起躲到我身後來。

「別……別拿我當盾牌！」

「唉呀……什麼時候感情這麼好啦？」

連……連我都被遷怒進去了。

「……想辦法安撫一下她。這傢伙是妳們的姊姊吧？」

「好。交給我吧！」

日向信心十足地接下任務。她從我後面這麼對黑貓說：

「瑠璃姊我有問題！」

「……什麼？」

「瑠璃姊會去洗澡，是因為打算出來之後要和京介大哥訂定『契約』嗎？」

「什……」

「嗚呵呵，因為我們妨礙到妳了——所以妳才會那麼生氣對吧！」

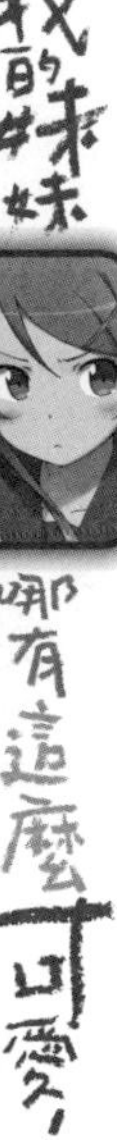

真不敢相信，這傢伙根本是在火上加油！

「才……才不是呢！」

「那為什麼男朋友還在家裡就要去洗澡呢？」

「…………因為緊張而流了一身汗……而……而且我們原本就決定下午要出去了……」

「京介大哥，真的嗎？」

「我沒聽說過這件事。」

「看！果然是騙人的！」

日向揮動手指斥責著姊姊。黑貓則是狼狽地瞪著我說：

「笨……笨蛋。下午的預定我不是說過『我有主意』了嗎……？」

「啊啊，那個就是要出門的意思嗎？」

像我這麼遲鈍的人……妳要說清楚我才知道啊！

哼，不過確實經她這麼一說，多少也可以理解她出門前想先洗個澡的心情。雖然比外面好多了，但這個房間裡沒有冷氣，說起來也是滿熱的。

何況世界上還有在玩十八禁遊戲的色情場景前要先去洗澡的笨蛋存在呢。

跟那傢伙比起來，這個理由要正當個一百倍左右。

只不過，就算我能接受，眼前的臭小鬼似乎還是不相信。

「咦～？總覺得好像是藉口耶～？話說回來，為什麼會緊張？」

「因為……」

「因為？因為什麼？來來來，妳說說看哪？說說看哪？」

「（啪嘰）…………」

啊，神經斷掉了。

「……哼……呵……呵呵……呵呵呵呵……」

「黑……黑貓……？」

眼神失去光彩的黑貓，就這樣默默走了過來，繞到我身後。

然後她就緊緊抓住日向的頭，開口對我說：

「抱歉，學長。可不可以讓我再次離開一下？我現在得好好教育一下我妹妹才行。」

「……妳……妳慢走。」

在因為恐懼而無法動彈的我身邊……

「喵～～～～～～～～～～～～」

早熟的日向就這樣被她的黑貓姊姊給拖了出去。

與黑貓的家人認識之後又過了幾天。

從那之後我也每天都跟黑貓約會，一起進行了好幾項「儀式」。

——**跟學長去游泳池。**

當中雖然也有非常符合夏天的一幕，但一直重複講我們約會的事情大家也會覺得無聊吧？

所以等下次有機會，或是我想說的時候，再告訴大家吧。

言歸正傳吧，就在某一天的上午。我難得有了空閒的時間。

得等到黑貓打工結束的傍晚才能見面——

「那就來看點書吧……」

好不容易下了這種決心的我，跟往常一樣為了喝麥茶而走向客廳。

一打開門，馬上就看見桐乃坐在沙發上的固定位置，用iPhone聽著音樂。

「請不要對我這麼好～♪害我不知該用什麼表情對你～♪」

她就這樣高興地哼著動畫歌曲。

從旁邊看起來，這實在是讓人覺得有點不好思的光景。

「嗨～」

我對她打了聲招呼，但桐乃因為戴著耳機，所以當然沒有聽見。

老爸一大早就出門去工作，也感覺不到老媽的存在，看來應該是出門了吧？

從冰箱裡拿出麥茶喝完之後，我回到客廳，結果桐乃這時候似乎注意到我了，只見她用帶有深意的眼神直盯著我看。

「你來一下。」

桐乃用手指對我比著手勢，又用相當有女人味的動作拿下耳機，浮現不懷好意的笑容。

……這……這傢伙是怎麼了？

「……什麼事啦？」

「那個——我應該還沒告訴過你吧……」

別吊人胃口了。快點說啊。

「《妹空》已經決定要動畫化了～」

「真的假的？」

「真的真的！」

《妹空》就是桐乃以前寫的手機小說。廣受年輕女性的歡迎，之後甚至還出了續集——這些我都知道。

只是沒想到，現在竟然要動畫化了……

「哇～那不是很棒嗎！」

我老實地表示佩服。

「嘿嘿……棒吧！」

桐乃有些不好意思地笑著。

對超喜歡動畫的桐乃來說，這件事一定讓她很高興吧。

「真是太好啦，桐乃——」

我也不由得高興了起來，抬起手摸了摸妹妹的頭。

「別……別把人當小孩子看！」

桐乃以厭惡的表情將我的手撥開。嗯……果然妹妹還是不喜歡我嗎？

「抱歉抱歉……」

但那沒有關係。

只要妹妹幸福，我也就滿足了。

我想這應該就是當哥哥的天性吧。

「真是太好了，桐乃。」

我再度重複了一遍。

「噁心……」

就算知道她會這樣回答，我依然還是想那麼說。

「哼……」

桐乃生氣地鼓起臉頰，將頭轉向一邊，又稍微轉動眼珠瞄了我一眼。

「這是尚未公開的情報……你可別說出去啊。」

「了解。」

「我特別先告訴你的，要感謝我啊？」

「是是是。」

我笑著這麼回答。結果桐乃似乎因此而更加煩躁，臉也比剛才更紅了。

「……你……你最近是怎麼了？真的很噁心耶……」

「有什麼關係？希望妳的動畫能一切順利——」

「嗯。Fate小姐也說還會幫我。那個人雖然有點問題，但有她在總是能幫我很多忙。」

「這樣啊。那個人最近怎麼樣了？」

「『聽我說聽我說！我的社團接下來要商業化了唷～♪』——她很興奮地這麼跟我說。」

「是喔……」

沒問題嗎？那個人雖然很有實力而且行動力十足……但總有些地方讓人很擔心。不知道該說她是運氣不好還是自作自受……又或者應該說她只是個垃圾。

總之就是覺得她是會自己往超大陷阱裡面跳的那種人。

不過，聽到她還在努力總是件好事。我個人是很願意替她加油啦。

「話說回來，那個黑漆漆的，原來早就認識Fate小姐了？」

「…………」

啊，糟糕。這傢伙還不知道「我和黑貓一起制裁Fate小姐」的事件。這下要怎麼蒙混過去呢……

倒是，我們有要Fate小姐別說出去嗎……好像有，又好像沒有……

算了，反正下次請她吃飯，然後跟她說「那件事情請不要告訴桐乃」應該就可以了吧？

「啊，啊啊。她是因為別的事認識Fate小姐的。」

我真的很不會找藉口耶。也難怪日向會那樣吐槽我。

「喔……是喔。反正那不重要。」

幸好這對桐乃來說不是什麼重要的事情，所以她也沒有繼續追問下去。「對了對了！」，她很快就這樣變換了話題。

「之前還舉行了聲優的試鏡喔！我現在就在聽聲優們的試聽檔耶！」

原來如此，身為原作者的她正在評選聲優嗎？這傢伙是超級動畫宅，所以這對她來說應該是非常幸福的一段時間吧。

桐乃興奮地將由iPhone延伸出來的耳機塞進一邊的耳朵裡，對著我說：

「嘿嘿──我就特別讓你也聽聽看吧！」

接著將另一邊耳機遞給我。

「不用了，我也不是……」

不小心收下來的我霎時感到很困擾。

我對聲優可以說一點興趣都沒有啊。

我打從心底覺得隨便選誰都跟我無關，但桐乃可能是會錯意了吧，她竟然開口這麼說道：

「不用客氣！他們真的很厲害耶！」

「…………」

嘖，真囉唆。我聽就行了吧？

我不情願地將耳機塞進一邊耳朵裡，在桐乃身邊坐了下來。

「你坐過來一點好嗎！耳機都快被你扯掉了！」

「是是是，別這麼生氣嘛。」

當我照她所說的坐過去之後……

「喂！別亂摸我大腿！色狼！變態！」

「…………」

你們大家聽見了嗎？

嗚……姆～～～是妳要我坐過來的吧？可惡！只不過腳稍微碰到妳的腳一下而已，少在那邊鬼吼鬼叫的好嗎～！何況兄妹稍微碰到一下有什麼關係嘛！

「好好好，那現在這種距離可以了吧？」

「嗯。要是從那邊往我靠近一公厘就殺了你。但如果把耳機弄掉了我也會生氣。」

「我說啊，要不乾脆用電腦聽不是比較快嗎？」

「吵死了——我懶得拿到這裡來嘛。好了，我要播放囉？」

「妳高興就好……」

我無力地嘆了一口表示放棄掙扎的氣息。

桐乃完全沒注意到我的樣子，立刻恢復剛才的亢奮狀態。

「你聽聽看這個！真的很厲害唷！」

桐乃操縱iPhone，播放了聲音檔。結果從耳機裡傳出一道我曾經聽過的聲音。

「——我是星野克拉拉。我將詮釋理乃。」

「嗚唷喔喔喔喔喔喔喔喔喔喔喔喔喔喔喔喔喔喔喔喔喔喔喔喔喔喔喔喔喔！」

桐乃開始發狂，像是被衝擊波襲擊般整個人往後倒。然後就這樣倒在沙發上，腳在空中到處亂踢。

「聽到了嗎？很讚吧——？真的很讚吧？」

「哪裡讚了？」

我只覺得耳機突然被扯掉，耳朵很痛而已啊！

「克拉拉她！梅露露她！竟然在詮釋我的聲音啊啊啊啊啊啊啊啊啊啊啊啊啊啊！」

啊，啊啊，原來是這麼回事。難怪我覺得在哪裡聽過這個聲音，原來是梅露露的聲優啊。什麼叫「我的聲音」……就是說《妹空》的女主角，果然是以妳自己為模特兒所創造出來的嗎？我撿起掉在地板上的耳機，將它重新塞進耳朵裡。

結果我馬上又聽見星野克拉拉小姐充滿演技的聲音。

「你的……意思是……喜歡我？」

「喜歡！好喜歡～～～～～～！死了！我真的要死了！」

我是快被吵死了。

整個人倒在沙發上抖動的桐乃忽然爬了起來，臉靠近我到幾乎可以接吻的距離。眼神透露出她已經接近瘋狂。

「嗚哇——」

我的頭已經沒辦法再退啦！

——別一邊喊著喜歡一邊把那張可愛的臉靠過來啦！這樣死的人會是我耶！

「真的會讓人瘋掉♡會死、我會死啊。還有許多其他聲優的版本。當然阿爾的聲優也在裡面。太棒了♡要聽嗎？你要聽嗎？」

由於太過興奮，她說的話已經是支離破碎了。

感覺要是不回答「要聽」的話，我會當場被她給幹掉。

「嗯嗯……我要聽。」

「咦——？你想聽哪個人的——？其實這不能隨便給人家聽的耶～？嘖，真拿你沒辦法～～～～～～～～～～～！」

超惹人厭的啦啦啦啦啦啦啦啦啦啦啦啦啦啦啦啦！

不是妳想叫我聽的嗎！那就給我說「拜託請你聽聽看吧」！

接著倒楣的我便被迫坐在桐乃旁邊，連續聽了兩個小時以上的聲優試聽檔。最後我終於受不了而這麼對她說道：

「喂！桐乃——我不想再聽了。」

「啥？為什麼？」

「什麼為什麼……像這樣一直聽著同一句台詞，感覺我都快要瘋掉了。」

「是你自己說想聽的耶。」

是妳逼迫我才這麼說的。

「嘖，真是的！因為你這番話讓我受傷了啦～我纖細的心靈已經傷痕累累了～」

她這麼說完後，忽然又用帶著焦躁的嚴肅聲音說：

「——你要怎麼補償我？說啊？」

為什麼妹妹這種生物，總是可以如此正確地讓哥哥發火呢！

「誰理妳啊！」

「可惡……話說回來——你最近真的很噁心耶……」

「妳說什麼？」

「你不知道自己噁心的言行舉止造成我多大的不快對吧？」

「是啊是啊，我是不知道。」

我想絕對沒有比我現在還要不愉快的心情了！

「那我就告訴你吧～」

什麼叫做告訴我吧……我開始有非常不祥的預感了……

桐乃把手插進上衣的口袋，然後瞄了我好幾次。

「咦——但是但是～到……到底該不該說呢～」

這傢伙，事到如今才在吊人家的胃口？

不用看到妳口袋裡的東西也夠讓人不爽了。

「快點把口袋裡的東西給我拿出來！」

「咦～？怎麼？你那麼想知道我的心情嗎～？啊——噁心噁心，這個妹控真的很噁心！」

大家一定要誇獎我忍耐住沒揍我妹妹的意志力。

「既然你都這麼說了……我就照你的希望拿給你看吧。」

很高興終於能對哥哥惡作劇的桐乃，不知道為什麼紅著臉頰開口說：

「這個——」

她把貼有「我和桐乃的熱戀雙人大頭貼」的手機拿了出來。

「——我也貼上去了……」

「呀————————!!!」

我就像遇見惡魔的人那樣發出了尖叫。

「妳……妳妳妳妳……妳到底在做什麼啊？」

「在手機上貼了和你一起拍的大頭貼啊。」

「為什麼？」

這樣兄妹倆的手機不就一樣了嗎！

這是什麼熱戀兄妹啊！

「這……這下你該知道……我的心情了吧！」

「就……就是說妳已經喜歡我到足以貼上雙人大頭貼的地步了嗎……？」

「怎麼可能！」

桐乃「呼」一聲揮動著手臂想要揍我。

「唉唷！」

我敏捷地躲過這蠻不講理的拳頭。

「那……那又是為什麼？」

「我——說——過——要讓你也嚐嚐對我做過的好事對吧！現在知道我有多不愉快了嗎！」

啊啊原來如此——這樣說我就懂了。

確實感情不好的兄妹忽然看到這種東西，在精神上一定會受到打擊。

我還以為是什麼事呢。我想跟現在的我一樣，桐乃一定也曾有過「搞什麼，這傢伙是瘋了嗎？」的想法才對。

「我……我知道了。真的知道了……所以妳就饒了我吧。」

「順帶一提，我把手機的待機畫面設定成你cosplay的照片了。」

「不要啊——！」

我昨天在cosplay綜合網站上看見自己的照片被人家惡搞了！我正拚命想要忘記這件事呢！

妳為什麼要這麼殘忍呢！

「等等，把那個給我……！」

為了搶手機，我朝妹妹衝了過去。但是桐乃卻用兩手緊握著機器，完全沒有放手的模樣。

「等你好好反省之後，我就會消掉啦！我也不想拿著這種手機到處走啊！」

「這麼討厭的話那就現在消掉！」

「少囉唆啦！笨蛋！」

竟然踢我。

「妳這傢伙……！」

抓住桐乃的腳把她拉過來之後，她的身體便完全失去平衡，整個人仰躺在沙發上面。

「哇呀！」

「好……！」

看準她疏於防守手機的瞬間，我再度飛撲了過去——

「…………………」

結果卻變成相當令人尷尬的姿勢。

我其實很不想跟大家說明。不過幾乎就跟以前搶奪紙箱時跌倒，並且不小心摸到妹妹胸部那時候的姿勢一樣。唯一與那時不同的是——

「嗚哇——」「抱……抱歉……」

我們的身體緊緊貼在一起了。

「什……什……什……啊……」

「抱歉……我……我馬上起來……」

這是怎麼回事？明明之前也有過這種狀況——

為什麼我這次卻如此地……

「…………………」

嘴裡雖然講了要起來，但我卻像中邪般無法動彈。老實說，我也不知道維持這種姿勢過了多久的時間。有可能只是一秒鐘，也有可能長達一分鐘以上。我就這麼凝視著臉紅得像蘋果一樣的妹妹，最後讓我醒過來的，是一記狠狠打在我臉頰上的巴掌。

「低……低……低級！去死吧！」

留下這麼一句話之後，妹妹便像逃走般離開了客廳。

「唉……我真是個笨蛋。」

看來我「和妹妹感情變得更好」的目標是越來越難達成了。

我到底在做什麼啊？

夜晚——我藉著思索一些無關緊要的事情來度過睡魔到訪前的一點點時間。

一閉上眼，腦袋裡便浮現宛若走馬燈一般的影像。

我一直覺得享受「快樂」的方法至少有兩種。

一種是事後才回顧自己當時那種彷彿在暴風雨中行船的動盪日子。

——啊啊，當時真的很危險……但那實在是很快樂的一段日子啊。

沒錯，就是像這樣不斷由胸口湧上來的情緒。

要比喻的話——不對，其實根本不用比喻。

其實妹妹從國外回來之後到現在的每一天，就是給我這種感覺。

「當男孩遇見女孩」是每個有趣故事必然會出現的發展——

我記得黑貓曾經這麼說過。

她說的一點都沒錯。

當一度分開，歷經生離遭遇的兄妹再度相逢的時候……

我的——應該說我們的故事就這麼開始了。

不過……要是真把這麼讓人害羞的想法給講出來，那傢伙一定會用熟悉的眼神瞪著我，然後冷冷地說聲「噁心」。

唉……真是個讓人火大又討人厭的妹妹啊。

但不知道為什麼……

只要想到那種光景……我的嘴角就會自然浮現出溫柔的苦笑。

就會想說聲「囉唆」，然後把手放在妹妹頭上。

這種讓人心癢難耐的心情，其實就是來自——唉唷，好像有點離題了。

抱歉抱歉。剛才說到……享受「快樂」的方法對吧？

沒錯，就是享受「快樂」的方法——另一種方法呢，嗯……其實這好像是理所當然的事……

……也就是享受這個當下感覺到的「快樂」——

自從黑貓變成我的戀人之後，每天我都在享受即時的快樂。不論任何時間——只要想到她我就覺得幸福。而隨著這樣的時間累積，我也就越來越喜歡黑貓了。

希望暑假能永遠都不要結束。

這時候我真的這樣祈求著。

接下來的「儀式」內容是——

「到學長房間去玩」。感覺已經離接吻越來越近。

因此今天黑貓就到我家來玩了。只不過身分不是桐乃的朋友，而是我的女朋友——

「歡迎。」

「……打擾了。」

我到玄關去迎接黑貓。

她今天是白色洋裝的模樣。這傢伙大概很喜歡這件衣服吧，幾乎每隔一天就會穿一次。

「……你妹妹呢？」

「好像和朋友出去了。」

那傢伙最近常和綾瀨玩在一起。

桐乃那傢伙……對我和黑貓交往這件事——究竟有什麼看法呢？

——**「如果最近有『你很重視的女孩子』跟你告白，那麼請你……好好考慮一下吧。」**

我想她應該是支持才對吧……

我請黑貓進到我房間，然後跟往常一樣拿來了茶與點心。

「那接下來要做什麼？」

我等待著黑貓按照慣例拿出那本《命運紀錄》，但她卻在我準備茶點的期間就已經拿出筆記型電腦放在膝蓋上並且打開電源了。

她就這麼輕輕坐在床上。我猶豫了一下子後，也在她身邊坐了下來。因為坐在正面的話，又會被她說想看她的內褲。

雖然說這個位置能看見的鎖骨也同樣讓我相當在意。

「今天想進行一下遊戲測試。」

「咦？喔，這樣啊。」

當我有了不純念頭時黑貓忽然這麼對我說道，讓我整個人嚇了一大跳。

「是遊研製作的遊戲？」

「嗯嗯，是啊。是直向捲軸射擊遊戲。」

「那不是社長他們在做的遊戲嗎？」

「放暑假之後——我和瀨菜也參加了他們的製作。」

黑貓叫她瀨菜嗎？看來兩個人感情已經好到可以直呼對方的名字了。

「那妳和瀨菜兩個人製作的角色扮演遊戲呢？」

「目前先暫停。因為想先把射擊遊戲完成，將一部分工作告一段落。」

「這樣啊……」

黑貓說的話讓我覺得有些不對勁。但我馬上就忘了這回事。

因為黑貓有點得意地開始解說起遊戲來了。

「瀨菜參加之後，遊戲平衡度就比之前在社團活動裡製作的同一系列要提升了許多。那個『魔眼使』確實有一套。」

與其說是解說，倒不如說是在跟我炫耀她朋友的能力。這傢伙真是太可愛了。

「那妳負責什麼工作？」

「哼哼……你等等就知道了。」

黑貓表現出「你等著看吧～」的態度，啟動了遊戲。而遊戲的標題也馬上出現在電腦螢幕上面。

遊戲的標題寫著「Megidoraon」。社長以前製作的kuso遊戲系列的名稱是「滅義怒羅怨」，而現在標題則是由漢字變成了英文字母。

「遊戲標題是我設計的。」

「嗯嗯，看起來很像。」

因為妳最喜歡用黑色與紫色了對吧？

「我個人是覺得漢字標題也不錯，但是綜合了瀨菜的意見之後，決定這次的標題要給人一種銳利感。」

「喔～」

……曾幾何時，這傢伙的腦袋也已經可以接納別人的意見了嗎？

「——你玩玩看。」

黑貓將筆記型電腦放在床上，將搖桿接上去後交給我。

可能是感染到她的情緒吧，感覺連我也開始興奮了起來。

「好，那我就試試看吧。」

在標題畫面裡按下開始鈕後，就出現了選擇自機（女孩子角色）的畫面。

我下意識中選擇了像黑貓的哥德蘿莉少女當作自機——

這時候……

「來吧……讓你瞧瞧煉獄的火焰。」

竟然傳出這種邪氣眼聲音來。

「這不是妳的聲音嗎！」

「哼哼哼哼……如何？」

「嚇我一跳。哇——遊戲裡還加上聲音嗎？」

這還真是正式啊。連聲音的演技也相當逼真。簡直就像是經常在練習配音一樣。

「自機竟然會用女朋友的聲音說話，這實在太棒了。好，我現在充滿幹勁了！」

我帶著興奮的心情開始遊戲，但——

「不要啊啊啊啊啊！」

「馬上就死了。」

「不是……這遊戲太難了吧？」

「是嗎？這明明很簡單。」

以妳的程度來說當然簡單了。

「話說回來，剛才的——是被打爆的聲音？也是妳錄的？」

「嗯嗯，這也是必要的音效吧？」

「…………這樣啊。」

我盤腿坐在床上，雙手用力握住搖桿。

死亡的自機再度復活，由畫面下方飛了出來。

黑貓把雙手放在我背上，從後面窺視著畫面。

我下定決心這次一定不能被幹掉，於是開始小心翼翼地操縱著自機，但是——

「嗚……怎麼會這樣……」、「別……別這樣……」、「啊嗯！」、「哇啊啊啊啊！」

可能是我的技術太爛了吧，自機的女性角色不斷被子彈打中。而且因為聲音帶點情色的味道，讓我整個人變得有些奇怪。這時候黑貓在我耳邊囁嚅著詛咒。

「……學長？你不是故意讓子彈打中的吧？」

「才……才不是咧！」

「那為什麼會這麼快就死掉？技術也太爛了點吧？」

都……都是因為妳緊緊貼在我背後，才會害我分心啦！

不過我當然不可能這麼說。

「……唉。真拿你沒辦法，我就稍微教你一下吧。」

「要怎麼教……？」

黑貓就這樣貼在我背後，直接把手放在我的手旁邊。

「來，仔細看畫面。」

「喔，好。」

「首先請記住基本的定位。啊……不是那裡。再左邊一點……」

「這……這樣嗎？」

「嗯嗯，就是這樣……不錯嘛。在這裡連射——再快一點……」

「…………」

「啊！不行！會死啦……！」

不知道為什麼……

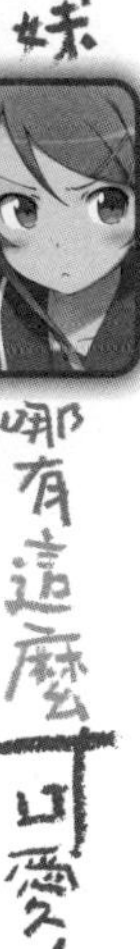

光聽聲音的話，好像我們正在做某件禁忌的事情一樣。

難道只有我自己一個人心頭小鹿亂撞嗎？

當我強行忍受著頭暈目眩的感覺時……

嘰！地一聲，門很用力地被打開了。大吃一驚的我們同時回頭看向這突然的闖入者……

「嗚哇，桐乃！」

進來的人原來是桐乃。

「……！」

她看起來很不高興的樣子。

「哎呀，妳在嗎？」

「──妳什麼時候回來的？」

即使黑貓和我向她搭話，桐乃也一直沒有回答。她的視線在床上的筆記型電腦、我以及黑貓之間往來了幾次之後，好不容易才低聲說：

「……你們在做什麼？」

「玩遊戲（喔）。」

「喔，這樣啊！原……原來如此……」

她似乎產生了很大的動搖。

「不然妳以為我們在幹嘛？」

「你管我！」

桐乃這傢伙，一定以為我們在做色色的事情吧？

我是不知道她什麼時候回來的，不過這面牆壁本來就很薄了。

其實我能理解她的心情。我要是聽見隔壁房間傳來自己妹妹正在做壞事的聲音，一定也會想去抱怨一下才對。

嗯……雖然我能夠正確理解桐乃動搖的理由，但還是有一名無法了解的傢伙在。

「？」

那當然就是黑貓了。她以一臉不可思議的表情聽著我們兩個人之間的對話。

「……回來的話為什麼不早點來打聲招呼？看見鞋子應該就知道我來了吧？」

「笨蛋──我才不想當你們的電燈泡呢。」

「笨蛋是妳吧？」

「啥？為什麼是我？」

「別說這種違心之論了。妳是那種會顧忌別人的人嗎？跟我們一起玩不就得了？」

「什……我……我怎麼可能這麼做呢！」

喂喂，怎麼好像開始吵架啦。

「如果要把妳排除在外的話，我一開始就不會到這裡來玩了。」

「咦？」

「——我是妳的什麼人？」

黑貓筆直凝視著桐乃。結果在黑貓視線的壓迫之下，桐乃頓時手足無措。

然後……

「……朋……朋友……？」

馬上就像這樣——說出了真心話。

「是啊……」

明明是自己逼迫人家的，但黑貓在聽見答案之後反而有些害羞。

雖然兩個人聽起來像是在吵架，但瞬間已經交換了彼此的真心話。

黑貓接下來像是要振作起精神般乾咳了幾聲，然後才以平穩的口氣說：

「我在社團裡製作了新遊戲，妳可以幫我試玩看看嗎——？」

但是桐乃卻開口表示：

「下……下次吧。」

小聲這麼說完之後，便像逃走般離開了。

不過她卻溫柔地將門關上。就像要藉此對朋友說——「我沒有在生氣」。

「…………是嗎。」

而黑貓就只是不斷凝視著那扇關起來的門。

在快樂的暑假終於沒剩下多少日子的某一天。

我和黑貓進行了已經不知道是第幾次的約會。自從那天之後我們依然每天都見面，當然還是沒有做出像接吻這種事情。在很多意義上，我們可以說是完全沒有進展。

只不過，那個……我們在精神上已經相當接近對方了。

按照黑色預言書《命運紀錄》，我和黑貓這幾天舉行了各式各樣的「儀式」。

初次約會時，黑貓變身為聖天使「神貓」。我和她兩個人一起繞了一遍非常普通的約會行程，她告訴我打工的地方，我也第一次送她回家門口。黑貓告訴了我一些她自己的詳細情報。

第二次約會的時候，黑貓找我到她家裡去。在那棟充滿昭和色彩的房子裡，我感受到她家庭的溫暖。

同時我也在那裡和黑貓的妹妹們相遇與相識。由於從那天之後我便時常到她家去，所以也跟她妹妹混得很熟了。

「高坂大哥總給人一種很普通的感覺耶。該說是土氣還是沒什麼吸引人的地方呢……」

大妹都已經熟到敢這樣跟我說話了呢。

不，依日向的個性來看，她可能打從第一次見面就敢這樣跟我說了吧？

「妳還不是一樣，黑貓三姊妹裡就妳最沒特色了。」

「什？高……高坂大哥……你竟然對一個少女講出這麼過分的話來……」

接著她便一邊擺出「你錯了……你真的錯了……」的表情，一邊想著藉口。其實我根本不在乎她說什麼藉口，不過她緊張時所說的話倒是和黑貓一模一樣呢。

順帶一提，我目前人在黑貓家的客廳。而黑貓現在不在這裡——只有我和日向以及珠希待在客廳。日向正在和我閒聊，珠希則是在午睡中。

這種狀況要是讓桐乃看見了，她一定會整個人發狂，然後大聲嚷著：「有兩個可愛的妹妹！嗚喔喔喔喔喔喔喔喔！糟糕糟糕糟糕糟糕！太棒了太棒了太棒了——！」

狀況說明就到這裡結束。

然後呢——要說到不斷沉吟著的日向最後究竟說出什麼樣的藉口嘛……

「比……比起這個！」

「嘿，想蒙混過去嗎！」

「嗚！才不……我告訴你，我乍看之下之所以會比較土氣，完全是因為服裝跟髮型的關係！我的衣服全都是瑠璃姊留下來的，有問題的話自己去跟瑠璃姊說！」

「原來如此。這是黑貓留下來的衣服嗎……」

那是一套沒有任何圖案而且相當普通的衣服與裙子。

「跟黑貓給人的印象完全不同。」

「嗯，因為是媽媽選的。還有我的頭髮也是媽媽剪的。所以瑠璃姊最近好像自己做起衣服來了。」

「喔～想不到那套哥德蘿莉便服還有這種淵源啊。」

我把手放在下巴上不斷點頭。

結果日向開始把馬尾解開，接著又從放在房間角落裡的紅色書包裡拿出小鏡子與梳子，迅速將頭髮梳直。

「看！怎麼樣啊？高坂大哥！這樣就跟瑠璃姊沒什麼不同了吧？」

這時日向前面的瀏海已經梳直，只有髮色比姊姊稍微要亮一些。

如果把黑貓變成小學五年級，然後又比較有親和力的話，大概就是像她這個樣子了。

其實根本可以稱她為蘿莉貓。不過……

「黑貓比妳可愛多了！」

「別睜眼說瞎話——！這絕對有女朋友加分點數啦——」

「沒那回事！」

「嗚！是……是衣服嗎？一定是這身普通的衣服害的！你……你等著瞧！」

「不用脫掉！黑貓要是來了怎麼辦？」

我拚命地大叫。結果日向維持著準備脫衣服的姿勢僵在那裡，然後有些惶恐地說：

「我……我只是開玩笑而已……怎麼可能真的脫掉？倒是你自己叫這麼大聲……我想瑠璃姊剛才已經聽到了唷？」

糟……糟糕……由於平常總是面對得這麼用力吐槽才會聽話的對手，結果養成了這種壞習慣。當然所謂的對手主要就是瀨菜啦、桐乃啦還有沙織等人。

「日向！等……等一下要幫我說明全都是誤會唷！」

「……你太卑賤了吧，葛格。」

唔姆。最近下跪好像也變成我的習慣了。

而日向也時常會像這樣叫我「葛格」。

每次聽見她這麼叫我，心裡就會有種難以言喻的感覺。

具體來說，感覺就像在玩桐乃借我的十八禁遊戲那樣。

當然對方絕對不會發現我的心情（要是被發現就糟了）……

「我說啊……」

可能是怕我尷尬吧，只見日向隨口就轉移了話題。

「為什麼高坂大哥你會叫瑠璃姊『黑貓』呢？」

黑貓為什麼會是黑貓？一瞬間還以為她問的是哲學問題——不過，也難怪她會這麼問。

「這是那傢伙在網路上的稱呼。也就是所謂的暱稱。我們是在網聚上認識的，所以一直以來我都是用這個名字來稱呼她。」

「這我知道，我問的不是這個……」

日向像是很焦急般噘起了嘴唇。因為她長得非常像黑貓，所以甚至讓我有種錯覺，以為自己是在跟不同個性的黑貓說話。

「我是指，為什麼已經是男女朋友了，還用網路暱稱叫她。直接叫她瑠璃不就得了？」

「因……因為…………這樣叫總覺得有些不好意思。」

「喂，你說什麼～～～？你真的是高中生嗎？」

「少……少囉唆！」

我反而對她發起火來，然後又迅速扯開話題。

「說……說到這個稱呼方式啊……」

「……怎麼了？」

當然對方也知道我剛才把話題蒙混過去的企圖。

但我還是看向舒服地睡著午覺的珠希，接著開口問：

「為什麼珠希會叫黑貓『姊姊大人』呢？一般應該都叫『姊姊』就可以了吧？她也只叫我

『葛格』啊。」

「啊——那是因為——」

珠希：「呼啊……怎麼了……姊姊？」

黑貓：「我……我不是說過要叫我姊姊大人嗎！」

「——曾經發生過這麼一回事唷。」

「果然如此。」

雖然這樣的表現方式，有點像將被動畫本篇剪掉的一部分劇本撿回來再利用一樣，不過還是希望大家不要計較這麼多。

「黑貓她在家裡也都是這種感覺嗎？」

「這個嘛……」

剛洗好澡的黑貓&珠希。

黑貓站在更衣處的鏡子前，凝視著從身體升上來的熱氣。

黑貓：「……哼，怎麼樣啊，這身湧出來的絕對力量。我的氣勢甚至已經是肉眼可見了。」

珠希：「（無惡意的）那是熱氣唷，姊姊大人。」

黑貓：「（不爽了起來）快點去擦身體。」

「——曾經發生過這種事情唷。」

「這太誇張了。」

這已經是會對小妹造成不良影響的程度了。

我按著太陽穴，不停地搖著頭。

接著終於開口提出相當基本的一個問題：

「那——為什麼我明明是來女朋友家找她，卻一直在跟她妹妹玩呢……？」

「……想不到你花了這麼多時間才問這個問題。」

黑貓第一次來我家時，好像也有過類似的對話耶。

從頭開始說明的話，其實事情是這個樣子的……

——**和學長去看煙火。**

今天晚上有煙火大會在港口那邊舉行。而下個「儀式」，當然就是去參加這場活動——

「瑠璃姊換衣服的時間總是相當漫長啊。她為了讓高坂大哥看見漂亮的自己而努力打扮著，所以你就原諒她吧。」

「是……是這樣嗎？」

「是啊！其實高坂大哥不在的時候，瑠璃姊她通常都穿運動服或是普通的衣服而已唷。」

「這絕對是騙人的。」

我從來沒看過黑貓穿運動服。不要讓我對她的印象完全崩壞好嗎！

「我才沒騙人呢！」

當我們這麼說著話的時候，黑貓似乎已經換好衣服了。

「…………讓……讓你久等了。」

穿著浴衣的黑貓由打開的拉門後方出現。

這時黑貓穿著與她名字相符的琉璃色浴衣。

不知道什麼時候醒來的珠希，一邊揉著眼睛，一邊以羨慕的眼神仰望著「姊姊大人」。

「嗚哇～……」

也難怪珠希會有這種反應。

因為浴衣可以說是最能襯托出黑貓和風美人容貌的服裝。

「喔喔……」

看著黑貓的我也不由得因為她的美貌而陶醉——

「…………就像竹取公主一樣。」

我說出這種相當愚蠢的感想。

「咦……你在……說什麼啊……」

聽見我這麼說，或許是太驚訝，黑貓低下了頭。珠希則是對我露出天真爛漫的笑容。

「姊姊大人很漂亮吧？」

「嗯嗯，太漂亮了。」

「笨……笨蛋！」

害羞的黑貓用袖子遮住了嘴角。

看來她已經感受到我稱讚她的心意了。

……多虧了珠希的幫忙。

和沙織不同，珠希每次天然呆的發言都剛好能幫助我。無論是惹人憐愛的外表，或者是讓周圍發出溫柔笑容的氣氛，都讓人對這小女孩的將來充滿期待。

「那——我們走吧。」

「嗯。」

傍晚，當我們兩個人準備出發時……

「慢走喔，姊姊大人、葛格。」

「加油啊——」
兩個妹妹都鼓勵著我們。
這真是相當幸福的一段時間。像這樣的日子，今後一定也會持續下去吧——一想到這裡，胸口便有一陣幾乎要讓我哭出來的感動。

就這樣，我和女朋友兩個人來到了港口。
夜晚的海邊。那是讓港口高塔看起來更加顯眼的地方。
今年煙火大會舉行的日子比往年還要晚，但還是跟以往一樣熱鬧。為了到塔上的瞭望台去看煙火，目前已經有一大群人在塔下排隊了。
「——看來瞭望台是上不去了。」
面對海面的草地鋪著許多塑膠布，上面已經坐滿了情侶與帶著小孩的家庭。由於現場剛好呈現微暗的狀態，所以可以說正好適合情侶約會。
而我們也一邊卿卿我我一邊說著話。
「那裡有些小吃攤耶。要不要吃點什麼——？」
「不用了。」
「是嗎？妳肚子不餓？」

「嗯嗯。」

這時候黑貓像是注意到什麼事情般停了下來。

「啊，梅露露的棉花糖……」

「要買給珠希？」

「……嗯。」

我們兩個人相視一笑，然後走向攤位。買完梅露露的棉花糖後，順便也在旁邊的攤位上買了mascheraの面具。

「沒想到煙火大會也有賣這個。」

我將剛買來的面具斜斜戴了上去。

看見我這種模樣後，黑貓苦笑著說：

「明明在夏Comi的時候就已經買過同樣的東西了……」

「嗯，不知不覺就買下去了嘛。comike的時候也是，這種祭典總是會讓人想花錢。」

「呵……店家最喜歡你這種客人了。」

黑貓嘴上雖然這麼說，但眼光也移到各式各樣的攤位上。

結果很難得的，我終於得到能為女朋友花點錢的機會了。平常她總是很快就會拒絕我，完全不讓我有機會請她。看來這也是託煙火大會的福啊。

我們兩個人一起玩了釣水球。然後在射擊的攤位上，黑貓展現了她百發百中的射擊技術，不斷地擊落獎品。然後我們又在難以中獎的抽籤攤位上抽中了玩具蛇。最後黑貓甚至迷上了賭博遊戲而差點來不及回去看煙火。

於是——

我們兩個人在海邊靠在一起，抬頭看著煙火。

碰碰——碰碰——

五顏六色的火焰花朵就這樣開在夜空與海面所形成的畫布上。

「真漂亮……」

「嗯……」

雖然我盯著身邊女朋友的時間比看煙火的時間還要久——但脫口而出的卻是相同的感想。

「……夏天，馬上就要結束了。」

「是啊。暑假也沒剩幾天了……」

她現在的心情一定也跟我一樣。

碰碰碰碰碰——

盛大的連發煙火為今天的煙火大會畫下了休止符。

周圍慢慢沉靜了下來。

度過一段相當舒服的沉默時間之後，我感覺到旁邊的人終於開始有了動作。

一轉過頭去，馬上就看見黑貓將身子轉過來，紅著臉抬頭看著我。

「……怎麼了？」

「……………………………………那個……」

那是一道微弱但相當拚命的聲音。

「和我一起度過……這個夏天……你覺得如何？」

真是個笨蛋。又講這種沒有自信的話了。

我抬頭望著夜空，說出自己的真心話：

「——很開心唷。和妳一起度過的這個夏天，我一輩子都不會忘記。」

「……真的？」

「嗯嗯，我已經比之前更加喜歡妳了。」

「……謝謝你，京介。」

今天晚上的事情，應該會成為我們兩個人最棒的回憶吧。

由於我們都是初次與異性交往，所以這段關係必須不斷地互相試探……不過，看來我們的選擇並沒有錯，也終於能夠攜手邁向終點。如果這是十八禁遊戲的話，現在應該已經開始播放出現完美結局時的工作人員名單了。

不對，我錯了。這樣好像還是太早了一點。

《命運紀錄》還殘留著一些頁數。

得把上面的「儀式」全部都完成才行。

下一頁上面到底寫著什麼樣有趣的任務——「黑貓想和我一起做的事情」——呢？我想那個應該也快出現了吧？

在煙火大會結束後回家的路上，我滿懷期待對黑貓開口。

說出了這個暑假裡不知道已經對她講過多少次的台詞。

「——接下來要做什麼？」

「……嗯嗯，接下來……是這個唷。」

黑貓用熟稔的動作翻開《命運紀錄》，把它拿給我看。

上面是這樣寫的。

——**和學長……分手。**

五更日向＆五更珠希

◆黑貓（瑠璃）的妹妹。開朗與富社交性的日向（小學五年級）與天真無邪超喜歡「梅露露」的珠希（小學一年級）。兩個人都很喜歡姊姊，不過日向是以溫暖的目光，珠希則是以尊敬的眼神看著她廚二病的言行舉止。

16&17

第四章

廚二病、邪氣眼，又有些電波的女孩子。

這就是我女朋友，名為黑貓的女孩的個人特質。

不過再怎麼樣，這種玩笑也太誇張了一點。

——說什麼「和學長分手」嘛。

自從聽見那個預言之後，已經又過了好幾天。其實那天之後的事情，我幾乎都沒有印象。煙火大會的那天晚上——當場和黑貓分手（當然指的不是解除戀人關係）——之後，回到家裡傳了封簡訊，我大概只記得這些事情而已。

「妳剛才是開玩笑的吧？」

——但這封簡訊卻完全沒有獲得回應。

黑貓除了沒有回訊息之外，也沒有打電話過來。

「什麼《命運紀錄》嘛，可惡……」

那當然只是比較過分的玩笑，難得暑假還剩幾天，打電話給她約好下次約會的時間吧。

雖然心裡有這種樂觀的想法，但我無論如何就是沒有辦法打電話給黑貓。於是我便帶著這讓人痛苦的煩惱，度過了好幾天的時間。

至於我這幾天都在做什麼呢，其實我都在看書。這也沒什麼了不起的。因為坐在桌子前面用功可以說是逃避現實最快的方法，而且我也和黑貓約定好了。

「因為和黑貓交往，害高坂京介沒考上大學」——我心裡早已決定，絕對不讓任何人有機會講出這種傷害黑貓的台詞，於是便賭上了自己的信念。

何況眼前的這個煩惱只要時間經過就能夠解決，應該不至於演變成太大的問題才對。

「——新學期應該就能見到黑貓了。」

所以我也不用拚命到處去找她。

我是這麼認為的。

暑假結束之後，新學期開始了。早上去學校的時候，我便在人群裡尋找黑貓的身影，但最後還是沒能見到她。雖然沒約好一起去上學，但從上學期開始，我們很自然就有了彼此調整時間一起去學校的默契。

但現在卻遇不見她，難道說……她是在躲我嗎？

老實說我真的覺得十分難過——不過我還是強打起精神，在休息時間朝著一年級的教室前進。還是得見面詳談，才能知道她究竟在想些什麼。我下定決心之後便往一年級教室裡頭看去

——但是……

……黑貓卻不在教室裡。難道說新學期才剛開始就請假了嗎……？

在沒辦法的情況下，我只好對瀨菜這麼問道：

「——五更她今天沒來學校嗎？」

我這麼問完後，瀨菜的回答卻遠遠超出我的意料之外。

「高坂學長——你在說什麼啊？她怎麼可能會來呢——」

「因為五更同學她已經轉學了啊。」

那是交織著寂寞與憤怒的語氣。

請別讓我想起這種痛苦的事好嗎？我同時也感覺到回答裡隱含這種責備的意思。

「……啥？」

當然我還是不了解這回答的意思，腦袋陷入極端的混亂。

「……轉學？啥？咦？那是什麼意思！這到底是怎麼回事？」

「學……學長？」

「喂！到底是怎麼回事嘛！為什麼——」

「好……好痛……請冷靜一下好嗎！」

被大聲斥責之後，我才終於回過神來。我放開緊抓住瀨菜肩膀的手向她道歉。

「對不起……」

「沒關係……不過，照這個樣子看來，學長應該完全沒聽說有這回事吧？老實說……我真不知道她在幹什麼。但這確實很像她會做的事情……」

總之我們先到別的地方去吧。

忽然來到一年級教室並且開始大叫的三年級。這樣的光景實在太過引人注意，所以現在還是按照瀨菜的提議去做比較好。

話說回來，她原本就是個很重視外界眼光的女孩子。

接著我們兩個人便來到校舍後方。同時也是——黑貓向我告白的那個地點。

我感覺冥冥之中似乎有種巧合。

「我再說一次——」

走在我前面的瀨菜停下腳步，一邊回頭一邊這麼說道：

「五更同學已經轉學了。」

「我怎麼都沒聽說有這件事，是真的嗎——？」

「是真的。」

「真的……是真的嗎？」

「是的。」

我為了確認而重複問了一次之後，瀨菜的眼鏡深處已經滲出淚水。

要好的朋友就這樣轉學了——我想她應該很難過吧。

「不是什麼錯誤的消息……？」

「你很囉唆耶，學長。」

她沒必要對我說謊到這種程度。這麼說來……難道是真的？

黑貓她真的——轉到別的學校去了？

「為什麼……都沒有說一聲呢？」

這句話是指黑貓沒有跟我說轉學的事情，但瀨菜似乎以為我是在怪她沒有告訴我這件事。

「因為我以為學長你一定知道嘛。因為你是五更同學的——男朋友啊。」

…………好痛啊。

這句話狠狠刺痛了我。

「那傢伙和妳一起製作的遊戲怎麼辦？」

「只有先中斷了。五更同學她要轉學的事情，我在暑假之前就已經聽說——所以便決定一起製作能在暑假當中完成的遊戲。」

「放暑假之後——我和瀨菜也參加了他們的製作。」

「那妳和瀨菜兩個人製作的角色扮演遊戲呢？」

「目前先暫停。因為想先把射擊遊戲完成，將一部分工作告一段落。」

原來是這麼回事嗎……

「這樣啊。竟然——是這樣嗎？」

「……學長，你不要緊吧？看起來好像快死掉了一樣耶。」

「……沒關係。我不要緊……」

至少現在還過得去。雖然頭暈得很嚴重……但腦部還沒理解整件事情，所以還撐得下去。

再過一下子，等到完全了解黑貓已經轉學了這個事實之後——必然會有很恐怖的後遺症一口氣朝我襲來才對。

但就算是這樣，我還是難以相信黑貓已經不見了。

所以我無法向任何人確認這件事情。

在我親眼確認過之前，我是絕對不會相信這件事的。

就算我被甩了也沒關係。我當然不希望被甩，但那還沒關係。因為就算是這樣——也還能見到黑貓。雖然不再是戀人，但還是能跟大家聚在一起，共同度過開心又熱鬧的時間。

但是——

「但是呢！黑貓！妳怎麼可以就這樣消失呢——！」

一到放學時間，我馬上就衝了出去。我的目標當然是黑貓家。我就是在那棟殘留著濃厚昭和氣息的溫暖房子裡，與黑貓的妹妹們變得熟識。

我一邊跑，一邊在內心的某處這麼想著——黑貓不見了這件事，絕對只是某種誤會。她今天只是剛好因為感冒而休息。直接到她家裡，她一定會一邊說出——「……笨蛋，你來幹嘛？你這死人類，我應該已經說過要和你分手了吧？」這種惡毒的話，然後出現在我眼前。

因為她的身影還深深烙印在我眼瞼裡面。

她怎麼可能會——就此消失不見呢？

「騙人的吧……？」

我一來到黑貓家，就只能呆呆地僵在那裡。因為我所見到的，是一棟無人居住的空屋。一見到門牌已經被拿掉，產生動搖的我便急忙跑到裡面去。

「抱歉！有人在家嗎——」

就算在玄關大叫，也得不到任何回應。原本放在玄關前的鞋櫃也已經消失。

我猶豫了一陣子後，便擅自進到屋子裡去。我跑遍了客廳、廚房，以及——黑貓的房間。

所有的家具都已經消失。無論是和黑貓一起看mascherа的電視、珠希用來睡午覺的坐墊，還是桐乃送的梅露露DVD BOX——所有的一切都像一開始就不存在一樣不見了。

那個溫暖的空間已經消失得無影無蹤，只有成為寂寥空殼的房子被留了下來。

「…………哈……哈……」

終於開始有實際的感覺。

黑貓已經——到某個不知名的地方去了。

「……唉……」

我一回到房間裡，馬上整個人倒在床上，然後就這麼趴著——開始嘗試打電話給黑貓。

——別接。拜託千萬不要接啊。因為就算她接電話，我也不知道該跟她說些什麼。

——**和學長分手。**

也就是說——我被那傢伙給甩了對吧？

前幾天就應該要面對的問題，我到現在才考慮了起來。

總覺得應該不是這樣。或許這只是不願面對現實的男人，那一點點可悲的想法罷了——

但黑貓她曾經喜歡過我。不對——應該說現在也還喜歡我。這點我是很有自信的。

我會永遠喜歡你。

之所以會和黑貓交往，就是因為想回應那傢伙專一、毫不掩飾且強烈的感情。可以說是有

生以來第一次被人家這樣需要。我當時真的高興到快要瘋掉了。

黑貓當時所說的話絕對不可能有任何虛假。

是因為要搬家到很遠的地方——所以才跟我分手嗎？

不，也不用因為這種原因分手啊——明明還有遠距離戀愛這種方法——

那麼——是交往之後開始對我厭煩了嗎？

這就有可能了——

兩個人一起度過了夏日。暑假的每一天都是那麼快樂。

我們遵照黑色預言書《命運紀錄》，進行了好多次約會。

——**和學長約會。**

——**讓學長了解我。**

——**請學長來我家。**

——**到學長房間去玩。**

——**讓學長來我房間。**

——**和學長去游泳池。**

——**和學長去看煙火。**

除此之外，還做了許多事情。它們全都是我一輩子的回憶。

我和那傢伙一起度過的日子，讓我更加喜歡她了。

但是——或許她不是這麼想吧？

和我度過了這些日子——黑貓對我可能已經幻滅了。

——**和學長分手。**

我糟糕到讓她自己寫下這樣的命運。

也讓她「我會永遠喜歡你」的那句話變成了謊言。

「但是……我不覺得有哪裡失敗了啊……」

最後竟然是壞結局。原本還以為是好結局——結果卻一口氣掉進了無底深淵。

雖然感覺有幾個沒注意到的問題點，但這時候的我根本沒有心思去深入檢視這些問題。我失去了所有動力，像個空殼般陷入了睡眠。

在黑暗的房間裡醒過來之後，發現時間已經是深夜。時鐘的指針表示現在是凌晨一點。

「……到底是什麼時候睡著的呢……」

虧我竟然還睡得著。明明才剛被喜歡的女孩子給甩掉而已——

……到底該怎麼辦才好呢？

這忽然浮現的台詞，讓我不禁露出了苦笑。喂喂京介……難道你認為還有救嗎？黑貓可是什麼都沒說就轉學了唷？而且也跟你說過要分手了對吧？

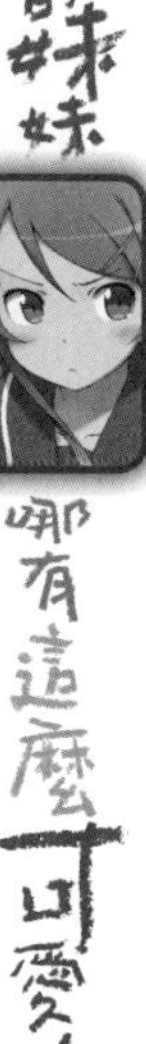

雖然心裡不斷這麼自嘲，但腦袋當中卻重複想著「該怎麼辦才好呢」。

就像在數羊，又或者像在念咒文那樣，淡淡地、呆呆地數著。

……該怎麼辦才好呢——

「現在不是想怎麼辦的時候了！」

我這個大笨蛋！

我迅速從床上彈了起來。

我這個人怎麼這麼自私啊！竟然沒注意到最重要的事情！

說起來……說起來！黑貓她不見了這件事——

桐乃她知道嗎？

「嗯～～～～～～」

我用力搔著頭。意識一口氣清醒了過來。用頭撞了一下牆壁——接著再次拿出手機。

我很想找人聽我說說話。已經沒辦法再繼續自己一個人思考下去了。

「只要覺得痛苦，不用客氣，無論什麼時候都可以來找我唷。」

「不行……」

我記得青梅竹馬曾經對我說這句話，於是我便從手機的快速鍵裡叫出她的號碼。

我啪嘰一聲闔上手機。

那間房間並沒有上鎖。可能是今天晚上剛好忘記了吧？

我抱著姑且一試的心態轉了一下門把，門馬上伴隨著低沉的「嘰」一聲輕易地打開了。

如果門上鎖的話，那麼我應該就會回到自己房間打電話給麻奈實了吧。

……好暗哪。

看來裡面的人已經睡了。於是我在不知不覺當中躡手躡腳了起來。

悄悄接近床邊，一張安穩的睡臉馬上映入我的眼簾。

對方睡在這裡原本就是理所當然的事，但我一看見她的臉卻還是感到心跳加速。

「……桐乃。」

——睡美人。我腦袋裡馬上浮現這個印象，看來我妹控的症狀真的很嚴重啊。

那是一張讓人不忍將她吵醒的睡臉。我已經好久沒見過這傢伙如此毫無防備的模樣了。

忽然湧起一股胸口糾結在一起的懷念感。

「…………………」

我猶豫了一陣子後，還是戳了一下那看起來相當柔軟的臉頰。

「唔姆……」

沒醒來嗎？看來力道太弱了。

「真是，睡覺的時候看起來那麼——」

當我沒說。

我接著把妹妹的棉被拉開。

——還是沒起來。睡得真熟。照這樣子看來，就算我揉她的胸部應該也不會起來。

「……………………」

這陣沉默真的沒有特別的意義，請大家不要胡思亂想。

「好吧！」

我下定決心後，把臉移動到妹妹上方。雖然不可能像某個人一樣整個跨坐到人家身上——但我就像要喚醒睡美人的王子般，由正面凝視著妹妹的睡臉。

當然我不是要親她，只是想要拉她的臉頰好讓她醒過來……但這時候卻發生了出乎我意料之外的事情。

「嗯嗯……」

睡昏了的桐乃，竟然將手臂繞過我的脖子。

——啥？妳啊，別……！

「嗚嘻嘻嘻……小雅～～～♡」

桐乃抱緊我。

「喂……喂……」
我不是小雅啊……
我整個人慌了手腳。不但被睡傻了的妹妹抱住——而且還……
「嗯～親親♡」
「嗚哇啊啊啊啊啊啊啊！」
剛……剛剛剛剛……剛才好像稍微碰到了？這……這樣很糟糕吧？
「笨蛋——快……快起來啦！」
在快要被親到的姿勢下，我拍了拍她的臉頰。
當我連續輕拍了好幾下她的臉頰之後，好像終於有了效果。
「好痛……怎麼了？嗚咿？」
桐乃不停眨著呆滯的眼睛……
「什——什！」
發現在超近距離之下抱住的人是我之後，她馬上瞪大了眼睛。
嘖，被她大叫出來可就糟了！於是我立刻摀住妹妹的嘴巴。
「嗚咕！姆——！姆——！」
「安靜一點……！妳以為現在幾點啦？」

「姆——！姆——姆——姆！」

妹妹反而加強抵抗的力道。

「給我乖一點啊，臭丫頭……！」

深夜一點偷跑進妹妹房間，然後趴在妹妹身上，當她要大叫時還摀住她嘴巴，要她「給我乖一點」的哥哥。

現在回顧當時的情形，才覺得自己簡直就像個強暴犯一樣。

也難怪桐乃會那樣奮力抵抗了。

「姆——！姆——姆——！」

「妳……妳別搞錯了！桐乃！妳現在對我有很大的誤會……！」

「姆——！姆姆姆姆姆！」

別哭啊！

「聽……聽好囉？我馬上放開妳，但妳千萬別大叫啊！絕對不能叫喔？」

「姆嗚！姆嗚！」

桐乃含著眼淚點了點頭。

「好……」

於是我便鬆開摀住桐乃嘴巴的手。

「竟……竟然夜襲自己的妹妹——？」

「我都說不是了！太大聲的話爸媽會聽見的！」

「但……但是！」

「拜託。我有嚴肅的事情要找妳談……」

「趴在妹妹身上，還用那種表情……」

我不管桐乃怎麼說，直接凝視著她的眼睛。

「——妳自己還不是跟我一樣？」

一年多前的那個時候。

聽見我說這句話的瞬間，桐乃嚇了一大跳。接著我們便互相凝視了一陣子……

「嘖……」

最後桐乃像是放棄掙扎般把頭轉到一邊去。

「……那你先下去。」

於是我便按照她所說的，慢慢從桐乃床上撐起上半身。看來她是準備要聽我說話了。當我準備要打開房裡的電燈時……

「別開燈……」

「為什麼……」

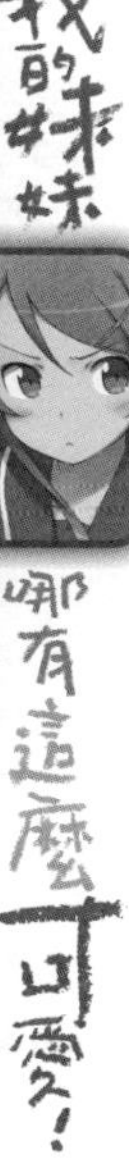

「這樣也可以說話吧？」

「是沒錯啦……」

「……我頭髮亂七八糟的，而且也沒化妝……你體貼一點好嗎！」

桐乃這麼囁嚅道。

這種小事有什麼好在意的嘛。算了，如果這是妳的要求，那我當然也就照辦了。

「那……到底什麼事？」

桐乃這麼催促著我。

我早已決定要講什麼話了。

「——我想做人生諮詢。」

「——你的問題，我知道了。」

桐乃靜靜聽我把話說完。至於黑貓轉學了這件事情，她表示「我也是第一次聽說」。這樣的話，黑貓應該也沒有跟沙織說才對。

黑貓就這樣瞞著我們自己消失了。

就像覺悟自己即將死亡的貓一樣。突然間消失無蹤了——

「那隻臭貓……忽然不告而別……到底是在做什麼？真搞不懂她……」

桐乃說完狠狠咬著牙根。黑暗的房間裡充滿了她勉強壓抑下來的怒氣。

這時桐乃坐在床上，我則是蹲坐在地板上。

黑暗當中，妹妹敏銳的目光貫穿了我。

「那……你打算怎麼辦？」

「不知道……」

我是真的不知道該怎麼辦，所以才會找妳商量啊。

但桐乃只是冷冷回答了一句「這樣喔」。可能是對我這個沒用的哥哥感到失望吧。

不對，這也不是今天才這樣了。這傢伙一直以來——都對我感到很失望吧。

接著就是一陣沉默。

桐乃一直盯著我的臉看，似乎正在想著什麼事情。

「我說啊……」

她只說了這麼一句話，就沒有繼續下去了。由於房間裡實在太暗而看不見她的表情，不過她似乎正在猶豫。

不久，桐乃深深吐了一口氣，開口這麼說道：

「我問你一件很重要的事。」

「……」

「你喜歡那個黑漆漆的嗎？」

「嗯嗯——」

「……就算她對你做出這種不知所謂而且又過分的事情……也還是喜歡？」

「——嗯嗯，是啊。就算現在也還是喜歡。」

連我自己也很驚訝，竟然如此輕易就能這麼回答。

但妹妹卻一直沒有回答我。

「是喔……」

這冷淡的一句話，不知道為什麼刺痛了我的心。

我的眼頭開始發熱。

可能是因為把自己的心情說出口之後，再度意識到目前的狀況了吧。

還是說……

「嗚……嗚……」

我無法停止自己的嗚咽，溫熱的眼淚也跟著不斷流出來。

真的很丟臉，但是我卻一點辦法都沒有。

身體的熱度變成眼淚不斷落下。

房間裡的冷氣其實並不強——但我卻覺得相當冷。

甚至已經冷到快要結凍了一樣。

老實說，我可能只是想在某個人面前暴露出自己軟弱的一面而已。所以才會想找這個在身邊的傢伙。所以才沒有打電話給時常幫忙我的青梅竹馬，而是跑來跟隔壁房的妹妹哭訴。

「不……不要哭啦。」

忽然看見哥哥在眼前哭泣，連桐乃也嚇了一大跳。她手忙腳亂地不知道該怎麼辦才好。

「……來，擦一擦。」

猶豫了一陣子後，桐乃把睡衣的袖子伸到我臉上來。

我的眼淚立刻被吸收而消失不見。原本狂亂的心也漸漸穩定下來。

「謝啦……」

我用鼻塞的聲音說著。

可能是受不了我的狼狽樣吧，桐乃「呼……」地一聲嘆了口氣。

「你啊。稍微往後轉一下。」

「咦？」

「……照做就對了。」

在微暗的房間裡，我的視線因為眼淚而模糊。

明明桐乃就在我身邊，但我卻看不到她現在臉上的表情。

「……這樣嗎？」

我慢慢將背部轉向妹妹。

「嗯，就這樣。」

「…………？」

我等了一會，但還是沒有任何事情發生。

桐乃……？當我想要回頭時，脖子忽然被人從後面緊緊勒住。

「嗚咿！幹……幹什麼啦！」

「別轉過來！不是說過要你面向那邊嗎！」

「還……還不是妳忽然勒住我的脖子……」

「少……少囉唆！因為看見你的背部，忽然火大了起來啊！」

這是什麼理由！

「轉過去啦。快一點——」

「…………」

是是是，我一邊這麼答應一邊照著她說的去做。這傢伙……應該不會再勒我的脖子吧？

但是，妹妹的手沒有再次放在我脖子上。取而代之的是……

——咦？

背後忽然有種柔軟的觸感。

那是一個溫暖的擁抱。桐乃整個人靠到我背上來了。

「妳……妳……」

我由於太過驚訝而全身僵硬——當我準備掙扎時，頭頂被「啪啪」打了兩下。那像是在告訴我「別亂動，乖乖坐好」一樣。

於是我放鬆力道，身體任由妹妹擺布。

「打起精神來嘛。」

桐乃用溫柔的聲音說道，並且輕輕摸著我的頭。

之前妹妹在網聚裡遭受孤立時，我好像也曾經這樣安慰過她。

——**你很努力了**。

「我會一直支持你的。」

現在我們兩個人的立場已經對調過來了。

妹妹正在安慰我這個哥哥。

「就算哥哥再怎麼沒用、就算大家都放棄你了，我也還是會待在你身邊。我會一直替你擔心並且給你忠告。」

真不好意思。雖然覺得很害羞，但又有種非常可靠，比任何人都安心的感覺。

「——所以，打起精神來嘛，哥哥。」

這種感覺或許可以稱做家人的羈絆、血緣關係或者是兄妹愛。但其實名稱根本不重要。反正不擅言詞的我，本來就無法確實表達出現在的心情。

只不過……只不過……呢……

「……謝謝妳啊，桐乃。」

妹妹確實拯救了我。

我又因為與剛才不同的原因而熱淚盈眶。

「妳的身體好暖和喔。」

「咦？笨……笨蛋！」

桐乃這個時候才因為這種姿勢而害羞，開始辯解了起來：

「……媽……媽媽她……在我因為輸掉比賽而難過的時候……都會這樣抱住我。我可沒有其他的意思唷。」

「這樣啊。」

「嗯。所以你別再亂說話了，知道嗎？」

「……知道了。」

桐乃明明覺得很不好意思，但還是繼續靠在我身邊。

繼續緊緊抱著我。

她幫忙溫暖了我已經冰冷的心。

黑暗當中，我們兩兄妹就這樣靠在一起。

由於我的眼淚一直停不下來，所以也覺得臉能不被看見真是太好了。

……雖然桐乃早就知道我在哭。

雖然早就將我丟臉、軟弱的一面全都暴露在這傢伙面前了。

我的弱點已經被妹妹所掌握。在她面前可能一輩子都抬不起頭來了。

一切都已經太遲。

就這樣維持這個姿勢過了不知道多久的時間……

當我終於停止流淚時，桐乃忽然開口這麼說道：

「那個……」

「咦？」

「你不是說過……如果我真的交男朋友……你就會哭嗎？」

「……嗯嗯。」

「那麼……如果我真的有喜歡的人……然後也和他交往了……但是那個男朋友把我給甩掉後又不見……而我一直哭的話……」

你會怎麼做？

桐乃用溫柔的聲音這麼問道。

「這個嘛……」

「啊，算了，還是別說吧。答案我早就知道了。因為我們是兄妹嘛——沒錯……我看你大概也會這麼做對吧？」

「啊啊——真是的——受不了，真是拿你沒辦法。」

桐乃模仿某人的口氣，故意這麼抱怨著。

她將原本靠在我身上的身體移開，繞到我正面來。

就像過去要別離的時候一樣——臉上露出一種下定決心的笑容。

「京介，就交給我吧。」

隔天——星期天。

我和桐乃一起搭乘往西部前進的新幹線。這件事情我們沒告訴沙織。如果是可靠的夥伴沙織・巴吉納也就算了，但我們實在不想讓上次已經因為「冒牌男友事件」而擔心受怕的槙島沙織再度受到打擊。我想她知道的話一定會大哭並且引發胃潰瘍。

原本打算明天到學校之後詢問黑貓轉學到哪所學校去，但最後卻發現不用這麼做。因為我們很輕易就推測出黑貓目前的所在地了。

由於黑貓一直不願意與我連絡，桐乃只好抱著姑且一試的心情與她連絡——

結果她雖然沒有接電話，但一大早就傳了簡訊給桐乃。

「妳現在在哪啊？」

「視線被『白色陰暗』籠罩住了。」

黑貓回傳的簡訊裡，附有表示她現在位置的地圖相片。

好像是最近手機都有的ＧＰＳ功能。

……黑貓她為什麼會傳送這種資料過來呢？

「不行，之後就完全沒有回應了。」

坐在我旁邊緊盯著手機看的桐乃，發出嘖一聲之後把手機收了起來。

「那個邪氣眼電波女……什麼叫『白色陰暗』啊？拜託說國語好嗎！」

那傢伙傳的簡訊總是不容易理解，但她也不是故意在惡作劇。雖然文字敘述總有點奇怪，但那傢伙是很認真地在打這些簡訊。

說起來……之前把我叫到校舍後方的簡訊也同樣是意義不明。

「我去留學的時候……大家也是這種心情嗎……」

桐乃憂鬱地嘆了口氣，低頭往下看去。

黑貓傳送過來的地圖，上面標示著某市的溫泉街。

可能因為是平日吧，目前看起來還不是很熱鬧。這個被群山環繞的觀光景點空氣實在非常清新，如果是晴天的話，景色一定會更加漂亮吧。

感覺就好像麻奈實會在附近走動的樣子，算是我相當喜歡的地方吧。

如果不是這種時候，我一定會沉浸在悠閒的氣氛當中。

「——搬到這種鄉下地方來，那傢伙真的能適應嗎？」

「如果是我的話一定受不了。沒辦法去秋葉原，也沒有千葉和ＭＸ電視台。」

住在關東的御宅族們，似乎都因此而被綁在居住地了。

對了對了，至於黑貓簡訊裡寫的「白色陰暗」究竟是什麼，一來到這裡就知道了。

由於這裡是溫泉街，所以到處都是帶著硫磺味道的熱氣。

這時候加上原本就有薄霧的陰天，使得從山上往下看的景色可以說是一片白茫茫。

「嗯……我們雖然已經到了，但接下去該怎麼辦才好？」

「你啊……跑到美國來接我回去的行動力究竟到哪裡去了？」

妳說的沒錯。那時候我的幹勁根本就是異常。

這次的狀況明明很類似，但我卻完全提不起勁來。雖然靠著桐乃才好不容易恢復到能行動的狀態——但我也知道，自己身邊一直纏繞著一股像要跳樓自殺的氣息唷。

被休掉的男人帶著自己的妹妹，哭哭啼啼地跑來找老婆回家。

我目前的情況大概就是像這樣吧。

「你啊——明明別人遇見危機時能拚命去解救，自己遇到問題時卻這樣軟弱無力？」

「……或許吧。」

「嘖……稍微反駁一下好嗎！」

桐乃因為我的罵不還口感到無奈。

「算了，這也是沒辦法的事，誰叫你是妹控呢。那麼……你就在這裡等吧。」

「妳……妳要去哪裡？」

「當然是去打探消息啦。」

桐乃把手機上的黑貓照片拿到我面前。那是網聚的時候，桐乃、黑貓以及沙織三個一起拍的照片，這可真令人懷念。

「那傢伙這麼顯眼，又長得滿可愛的……如果人在附近的話，或許有人看到她對吧？」

「原……原來如此。」

「那你就在這裡等吧。不要到時你也走丟了，還給我多添麻煩。」

說完之後，桐乃便走進附近的商店。

ＧＰＳ總是會有誤差，所以不能保證黑貓一定是從這個地方傳簡訊過來的，不過目前也沒有別的方法。應該說，不知道的事情實在太多了。

黑貓為什麼會轉學？

黑貓為什麼什麼都沒告訴我們？

黑貓為什麼表示要和我分手？

黑貓為什麼會在這附近？

好幾個「為什麼」不停在我腦海裡盤旋。

關於最後一個問題，我想到的是黑貓一定搬到這附近來了……但是，如果是這樣的話……

「這也太遠了吧……」

雖然靠著桐乃的行動力大老遠跑到這裡來……但是，真的太遠了一點。

看來已經很難像以前那樣，大家聚集在一起玩遊戲了。

或許被黑貓甩掉的我，現在還有這種想法實在是太天真，但要談遠距離戀愛的話，應該會很辛苦才對。

兩個人將會很難見面。雖然只是很簡單的一件事，但對情侶卻有相當大的影響。我現在真的很尊敬全世界談遠距離戀愛的情侶，也真心為他們加油。

我確實感受到未來覆蓋了一片黑暗。

「喂，要走囉——」

桐乃的聲音就像劃破黑暗的刀鋒般，將我由陰沉的思考裡拉了回來。

「那邊的店裡有人看過那個黑漆漆的。那傢伙果然在這附近。」

「妳今天真的很靠得住耶。」

照這個樣子看來，只要跟著桐乃應該就能再次見到黑貓了。

握住我的手後不斷往前進的桐乃，忽然回過頭來說了一句：

「我不是說過交給我就對了嗎？」

桐乃小姐真是太帥了！我幾乎都快為妳著迷了啦！

我們在溫泉街裡到處走著，尋找黑貓的身影。在不停下腳步的狀況下，我對著桐乃說：

「但是……想不到這麼快就能找到目擊者。可能哥德蘿莉真的很顯眼吧？」

「那傢伙今天可能沒穿哥德蘿莉服唷。」

「為什麼？」

「我一開始打探消息時一直強調穿著黑色哥德蘿莉服……但好像沒人有印象。但拿照片給人看之後，就有人說『我有看過這女孩』。」

「這樣啊……」

那今天的服裝可能是「白貓」或「神貓」囉。不論是哪一種，反正她沒穿黑衣服——由這個方向去找可能比較容易有線索。

現在想起來，黑貓服裝的變化真的很少。

我們不斷讓街上的行人看照片，一邊打探消息一邊尋找黑貓的身影。

這條滿是土產禮品店與餐廳的街道上，看起來盡是相當有年代的建築物，一個不注意就會忘記自己生活在現代社會當中。

於是，我們就這樣找了兩個小時左右……

正當我準備跟桐乃說要不要休息一下吃點東西的時候——

「……你……你們……」

我們和黑貓相遇了。

那是在離開建築物群數步距離的地方。前面是一片籠罩著薄霧的濃密森林。

由山間道路走出來的黑貓正好遇見了我們。

我一瞬間還以為認錯人了。因為黑貓身上穿的不是過去那種有特色的服裝，而是我第一次

見到的運動服。不過，我怎麼可能會認錯自己喜歡的人呢？

「黑貓……」

與單方面表示要分手的對象再次相遇，讓我頓時說不出話來，只能狼狽地僵在當場。我就像心臟被人捏著一般，站在現場一動也不動。而黑貓雖然傳了那樣的地圖——但照她的反應看來，應該也沒想到會和我們在這裡再次相遇吧。

她只是用熟悉的，沒什麼感情的表情瞪大了眼睛而已。

唯一沒有停止動作的人是桐乃。而且還不是沒有停止而已，她一看見黑貓，花了一秒鐘左右的時間來判斷情勢，接著馬上就飛撲了過去。

她撲過去之後——馬上用雙臂抱住眼前這名比自己瘦小的女孩子。

「什……妳……妳……」

「抓到了！妳啊！妳這個人啊——」

「喂……喂……！」

雖然我準備阻止忽然開始拉扯的兩個人——但根本沒這個必要。

桐乃放棄緊抱對方的姿勢，改為用力握住忽然消失的朋友——黑貓的手。

「……不會讓妳逃走了。」

「……我不會逃。這樣很痛，不要握那麼大力好嗎？」

黑貓像放棄掙扎般嘆了口氣。她瞄了我一眼後，再度對著桐乃說：

「幹嘛……？你們大老遠跑到這種地方來做什麼……？」

「啥？妳還敢問我們要做什麼……」

桐乃勉強壓抑下來的怒氣這時候還是外露了。

「我才想問妳。妳啊——為什麼要這麼做？不給個合理的解釋，我可饒不了妳！」

「為什麼要這麼做的意思是……？麻煩妳講具體一點好嗎？」

黑貓的表情——表示她確實不懂桐乃的意思。桐乃驚訝地歪著頭說：

「別裝傻了！為什麼瞞著我們轉學了？」

「那是……」

原本準備回答的黑貓瞳孔一瞬間不自然地放大，接著又吞了一大口口水才開口說：

「我再問一次，你們為什麼到這裡來？」

「那還用說嗎！我呢！是來帶妳回去的！」

那是令人覺得相當帥氣的一聲斥責。帶著能將所有難題全部趕走的力量。

……實在太帥了。我不由得這麼想著。

嬌小的妹妹，背影看起來卻是那麼可靠。

我開始可以理解綾瀨為什麼會那麼崇拜桐乃了。在極近距離下被她這麼一吼，我想任何人都會為她著迷。

「………………是……是嗎？來帶我……回去嗎……」

黑貓失魂落魄地這麼囁嚅道。

我真慶幸桐乃不是男生。如果她是男生的話，剛才那個瞬間，黑貓可能就被她搶走了。

「雖然我也不能說別人啦……不過別這樣忽然消失好嗎？雖然我還沒想到帶妳回去之後要怎麼辦……不過，我就是不想妳搬到這麼遠的地方來嘛。大家一起集思廣益——一定會有辦法解決的！」

桐乃雙手緊緊包住黑貓的手，開始拚命說服她。

「或許吧…………」

看見朋友這麼挽留自己，黑貓應該覺得很高興吧。只見她臉頰泛紅地低下頭。應該說，根本已經是想在地上找個洞鑽進去了。喂……喂……面對我的時候也沒那麼害羞過啊。

但是……

「……這件事……等一下再說吧。」

黑貓像是要斬斷彼此的關係般甩開桐乃的手。剛才還差點答應朋友的拚命說服，但現在那種模樣已經消失得無影無蹤。

「妳應該還有其他話想說吧？」

「別那麼好面子了好嗎……」

桐乃看見黑貓那種冷淡高傲的姿態後，似乎非常火大。這傢伙幾秒鐘前才對黑貓發動那樣的友情攻勢而已，但現在已經完全看不出來了。

「那是當然——我當然有很多話想說。」

「是嗎？那妳倒是說說看，不用客氣。」

被這麼挑釁的桐乃，狠狠瞪了我一眼後——嚴厲地用手指指著我說：

「妳為什麼說要和這傢伙分手？」

「我和學長交往——是為了實現某個願望。為了完成我的理想，我們一起進行了好幾種『儀式』。而現在的狀況只不過是其中一種儀式的延長而已。」

「啥？妳這電波女！認真一點回答好嗎！」

「…………我從一開始就很認真地在回答。」

「嘖……那麻煩用我可以理解的講法可以嗎！」

聽見桐乃的提議之後，黑貓點點頭，接著面無表情地開始說道：

「我……我和妳哥哥交往……妳真的覺得沒關係嗎？」

「——啥……妳說什麼？為……為什麼用問題來回答問題——」

「回答我。」

這時黑貓散發出讓人無處可逃的壓迫感。氣勢被壓過的桐乃只有用力一咬牙……

「我在電話裡不是就說過沒關係了！為什麼還要問！」

「騙人，完全是謊言。」

「我才沒說謊！我真的可以接受！」

「真的嗎？現在也一樣……？」

黑貓再次這麼問道。

「……嗚，現在也一樣。」

「……是嗎，果然在說謊。妳這根本只是『裝出已經接受的模樣』吧？不然就是強迫自己這麼認為而已。」

……這兩個傢伙到底在說些什麼？

所謂的電話——應該是之前「冒牌男友事件」解決的那天晚上，桐乃和黑貓之間的那通漫長電話吧。她們講了許久的電話之後，桐乃臉上不知道為什麼就出現毫無掛礙的表情。

那個時候，她們兩個人之間到底有了什麼樣的對話呢……？

就是說——那個時候，黑貓她問桐乃可不可以和我交往嗎？

而桐乃則是以肯定的答案來回答這個問題。這樣的話……這件事應該已經結束了才對。

為什麼黑貓到現在還要重提這件事呢？在我還沒能理解整件事情時，桐乃和黑貓的爭論已經越來越激烈。

「妳是笨蛋嗎？才不像妳說的那樣——好吧，就算是這樣好了，那跟妳也沒有關係。」

「當然有關係——關係可大了。這不是我願望的結局。這種發展不能到達我的『理想世界』。」

「不……不知道妳在說什麼！用我能理解的話給我說清楚！」

「對我來說，這是為了戳破妳謊言的重要『儀式』唷。」

「什……」

不拐彎抹角的一句話，帶著強烈的氣勢撞上了桐乃的鼻尖。

「……什麼叫戳破我的謊言？」

「沒錯，就是那樣。……雖然沒想到會在這裡和妳直接對決——不過剛好，就讓我們把事情解決吧。」

這直截了當的一句話，講得好像兩個人接下來馬上就要開始廝殺一般。

於是黑貓用銳利的目光看著桐乃。

「——妳根本沒有接受我和妳哥哥交往這件事。」

「妳要我說幾次？根本沒那回事——」

「是嗎？那妳那個時候為什麼要利用『冒牌男友』這種無聊的手段來騙我們？」

「那……那是……」

「抱歉，關於這件事，我跟妳約好『不再過問』的。雖然根本不用問我也知道答案。好吧——那麼我再問妳，這是最近的事情喔——為什麼在我到妳哥哥房間去玩時，妳要一臉痛苦地逃走呢？」

「我哪有一臉痛苦——」

「明明就有。」

「嗚……」

「為什麼自從我和妳哥哥交往之後，妳就一直看起來很難過呢？」

「我哪有……很難過。」

「如果妳真的接受我們兩個交往，就不可能會出現那種表情吧？——現在的妳讓我根本看不下去。」

當黑貓淡淡地這麼說道時，桐乃的表情也越來越痛苦。但就算是這樣，桐乃也依然不願意承認自己在「說謊」。籠罩在兩個人之間的嚴肅氣氛頓時將我吞沒，讓我根本沒有辦法插話。而且我也覺得絕對不能這麼做。

「看來我說的還不夠——妳這女人還真嘴硬。好吧，那我就換個方式進攻好了。」

「……隨便妳。無論妳說什麼我都不會承認，因為我根本沒有說謊——」

這時候黑貓發出「嘻嘻——」這種不符合現場氣氛的惡作劇笑聲。接著她便模仿桐乃的口氣這麼說：

「『——如果說，美咲小姐她根本就沒有跟蹤我們的約會呢……？』」

「什——」

臉上出現驚恐表情的桐乃頓時說不出話來。

咦？剛才黑貓那傢伙——好像說了什麼不得了的事情耶？

「妳……妳這個人！」

「哼哼哼……唉呀唉呀，妳為什麼產生動搖啦？」

黑貓這麼嘲弄著。處於慌亂狀態的桐乃開口便說：

「別……別亂說話好嗎！到……到時候被誤會怎麼辦？」

「誤會？妳應該說是事實吧？哼哼哼……來，跟妳哥哥說說『那場假約會的真相』吧。」

「假約會的……真相？妳是指我和桐乃一起去看電影的時候嗎？」

我不由得冒出這麼一句話。

「你別說話！把耳朵塞住！」

桐乃要我閉嘴之後，立刻又轉向黑貓，迅速反擊道：

「妳到底想幹嘛？那……那件事跟現在無關吧！」

黑貓就像戲劇裡的壞人般發出「呵呵呵……」的邪惡笑聲，接著才說出自己的企圖：

「在妳承認自己說謊之前，我會繼續暴露妳丟臉的祕密。」

「妳……妳這人太惡劣了吧！」

「謝謝妳的誇獎。來，接下去就是我精心準備的八卦。在那通電話裡妳曾經說過的事——『……結果啊，當我帶冒牌男友回家之後——那傢伙呢……』」

「啊啊啊啊啊啊啊啊啊啊啊啊啊啊啊啊啊啊啊啊啊啊啊啊啊啊啊啊啊啊啊啊！」

桐乃利用大叫蓋過了黑貓的聲音。而黑貓則是故意遮住耳朵並且閉起一邊的眼睛。

「——吵死了。怎麼了？為什麼忽然發出這種丟臉的聲音？」

「幹掉妳……我一定要幹掉妳……好，妳要這樣是吧？既然妳那樣打算，我也有我的對策……」

「哼，我就看妳打算做什麼。」

面對這保持好整以暇態度的對手，桐乃一開口便模仿起黑貓講話的語氣。

「『這……這是幫我朋友問的……如……如果交男朋友的話，大概要約會幾次，才……才能讓他碰自己的身體呢？』」

「我……我不是說幫朋友問的了嗎！那是人家找我商量的！」

黑貓大聲否定著，但她看起來相當狼狽。而桐乃則是毫不放鬆地繼續攻擊。

「啥？妳哪有找妳商量這種事的朋友啊！」

「……什……」

過分。就算是真的也太過分了。果然連黑貓也只能開闔著嘴巴半晌說不出話來。

「雖然知道妳就是那個朋友，但我還不是借妳約會的書了。就是那本《理想的約會特集‧第一次約會最多只能牽手》啊。然後妳還得意忘形地說『哼哼哼……這樣我在理論上也是約會達人了』。然後約會當天晚上還沮喪地跟我說『……我終於知道牽手也需要練習了』。」

……啊啊，我終於可以了解第一次約會時神貓為什麼會是那種態度了。

然後桐乃和我的初次約會應該也是參考那本書才對。

每當我採取跟書上不同的行動，她便開始發脾氣。我想一定是這樣。

進行羞恥祕密爆料大會的兩個人互相瞪著對方一陣子後——

「——不……不要再吵了。繼續爭下去的話，我們兩個人都會滅亡的。」

「…………………ＯＫ！」

黑貓&桐乃鐵青著臉互相點了點頭。

黑貓再度乾咳了幾聲，把話題拉了回來。她筆直地指著桐乃說：

「妳對我和京介變成情侶這件事有什麼看法？快點老實說出來吧。」

「——話題怎麼又兜回來了？哼，好吧，假設我不是真心接受你們兩個人在交往好了。那話又說回來了——妳既然這麼了解我，為什麼又要向這傢伙告白呢？」

「——————」

黑貓瞪大了眼睛。看來桐乃的反擊已經準確擊中她的痛處。

「這太過分了吧？明知道朋友討厭，妳卻還是這麼做了不是嗎？」

桐乃以殘酷的口氣逼問著。剛才因為爆料大會而稍微和緩下來的空氣再度緊繃。

「那是……因為我不這麼做的話，妳就不會說真話……」

「別說這種馬上就會被拆穿的謊話好嗎！不可能只有這樣而已吧！如同妳了解我一樣，我也對妳一清二楚！我當然很清楚妳到底有多拚命……！所以……所以我才會一直忍耐啊！」

「忍耐？」

「啊……」

桐乃張開嘴巴露出「糟糕了」的表情。黑貓像是抓住她的小辮子般立刻接著說：

「……妳到底是在忍耐什麼呢？」

「那……那是……」

桐乃開始含糊其詞。黑貓嘆了口氣：

「這根本不像妳會做的事情。妳應該是更任性、貪心……而且不輕言放棄的女生吧？根本不需要顧忌——或者忍耐。因為我所期望的不是這樣的未來。」

不理會用力閉上眼睛的桐乃，黑貓繼續用真摯的口氣對她說：

「如果妳認為我是妳的朋友，就跟往常一樣——展現妳真正的一面吧。」

「嗚……」

這時候桐乃的牙齒似乎都快被她給咬斷了。

「我說——我說就是了！」

她豁出去般大叫著：

「我呢，最——討厭哥哥了！超討厭的！真真真真真真真～～～的很討厭！」

「……！是這樣喔。」

雖然早就知道了。但再次聽她說出來——還是讓人感到心痛。

不，應該說，桐乃她「一直在忍耐」的，就是這件早就知道的事情嗎——？

正當我準備把眼神從桐乃她們身上移開時……

「嗯。然後呢？」

黑貓的視線卻不允許我這麼做。桐乃她調整紊亂的呼吸，繼續說道：

「我最討厭哥哥了。但是……但是——我絕對不願意他交女朋友！雖然討厭、真的很討厭

他……但我還是要當他最重要的人！」

在黑貓不斷地逼迫之下，我妹妹終於大聲喊出自己任性的真心話。

就跟我那時候大叫的內容相同，話裡充滿了強烈的嫉妒心。

「所以我才會幹出那種蠢事！」

「妳說的蠢事……是指把冒牌男友帶到家裡那件事嗎？」

「沒錯！」

桐乃已經不再看著黑貓。她雙手握拳，緊緊盯著我看——

「你……你啊……！」

繼續當初講到一半的台詞：

「你和土氣女還是黑漆漆的卿卿我我的模樣實在讓我很火大……最後實在忍不住，才想讓你嚐嚐跟我一樣的痛苦！我也很害怕……要是你說『隨便妳，妳就跟那傢伙交往吧』的話怎麼辦……當……當時我真的是手足無措……！」

………………

原來是這樣啊。

「啥？這是妳的事吧？為什麼要問我？」

真的很想揍那時候這麼說的我。

啊啊……原來如此，原來如此啊。

妳這麼厭惡我交女朋友嗎？和我一樣——沒辦法忍受自己的兄弟姊妹有了戀人嗎？

但這傢伙卻做出了我辦不到的事情。

如果最近有「你很重視的女孩子」跟你告白，那麼請你……好好地考慮一下吧。

她壓抑自己真正的心情來助我一臂之力，所以我才能和黑貓變成情侶。

現在回想起來——我之所以沒有馬上答應黑貓的告白，是因為考慮到妹妹的關係吧。已經擅自對妹妹發出「我就是不想妳交男朋友！」的任性情緒，總不能自己卻隨便交了女朋友吧。

我在下意識中感到猶豫。

到現在這個時刻，我才能理解當時自己內心為什麼會無法下決定。

也終於發現妹妹這種堅強又貼心的舉動。

「——你不是說過不想我交男朋友嗎？所以……我想如果我也說不要的話，你應該也沒辦法和任何人交往了……」

一點都沒錯。如果桐乃這麼說的話——我就不會和黑貓交往了。

「那天晚上……我和黑漆漆的講電話……先為冒牌男友的事情向她道歉……和好之後……她就問我：『我可以跟妳哥哥告白嗎？』而我也回答她——『可以』了。雖然很不願意……但我還是回答『可以』。因為這與我找來完全不喜歡的傢伙假扮男友完全是兩回事。真的很喜歡你的女孩子，非常害羞又溫柔的女孩子拚命鼓起勇氣想把自己的心意傳達給你知道——我實在沒辦法阻止。」

怎麼會這樣？我又害妹妹哭了嗎……

「但是這真的很辛苦，而我也後悔助你們的戀情一臂之力了。所以呢，聽到你被甩了的時候，老實說我真的鬆了口氣。但是……但是呢，你被甩了之後又是那麼傷心。除了哭得很慘之外……竟然難過到跑來找我商量。一看你這樣，我也變得更加難過了。於是便對忽然甩了你，又莫名其妙轉學的黑漆漆的感到很火大，才會想一定要幫你做點事。這就是我的真心話——也就是我目前人在這裡的理由。」

桐乃說完後，故做堅強地用拳頭敲了一下胸口。

接著又說出與剛才類似，但又有些微不同的一段話：

「我雖然不想要『京介』交女朋友，但更不想看到哥哥哭泣。真的很矛盾……但這就是我真正的心情。所以呢，黑貓……我接下來就要聽聽妳為什麼做出這種莫名其妙的舉動，然後扁妳一頓，讓妳向京介道歉。最後再帶妳回去，絕對不讓妳轉學。這樣有什麼問題嗎？」

我還是第一次聽見桐乃這麼正式稱呼她好友的名字。

「還是一樣不講理。你們兩兄妹抓狂的時候真是完全一樣耶。」

雖然是嘲弄的語氣，但不知道為什麼聽起來卻是那麼真摯。

「明明那麼不想要哥哥交女朋友，但卻在要求許可的我面前逞強，又鼓勵哥哥跟我交往，現在還要已經分手的我們復合。」

黑貓對桐乃提出了過去曾經問過我的問題：

「為什麼要做到這種地步？」

「哼，因為我們是兄妹啊。」

而桐乃的回答也跟我一樣。

「京介——哥哥他每次都幫助我。不論隔得多遠都在替我擔心，我傷心難過的時候就馬上飛奔過來找我。他一直待在我身邊，不斷不斷地保護我。在我心情不好的時候會安慰並且逗我笑，也會替我生氣。當我做出找冒牌男友那種蠢事的時候，也會罵我甚至還吃醋。而我有煩惱的時候——則是會幫我出主意。他明明那麼討厭我，明明已經不在意而且漠視彼此那麼長的一段時間了。」

「——所以我也要這麼做。就是這樣。」

桐乃為我做的事情，就是過去我所為她做的所有事。

那就是我和桐乃一起走過來的日子。

我們一直生活在一起，有時分別又再度重逢，雖然經常互相謾罵卻還是會彼此幫助，經常反對對方吵了許多次架，然後還講出了不想對方交男女朋友的驚人想法……最後才又和好。

不用說我也知道應該怎麼稱呼這一段關係。

我們一點一點地靠近彼此，最後終於能握住對方的手。

其實這根本沒什麼特別，只是相當簡單的事情。

但我們慢慢地，花上了很長的時間——

才終於恢復為一般的兄妹。

光是這樣，就已經讓我這麼高興了。

最近的我真的很常在哭耶。

但有什麼辦法嘛？

因為——我就是高興到想哭啊。

「終於說實話了。我的辛苦也總算有了回報——」

黑貓像是終於放下肩頭的重擔般鬆了一口氣。

「哼。」

桐乃紅著臉將頭轉到一邊去。

「……然後呢？我說出真心話後，妳又有什麼打算？」

「妳將真正的心意傳達給妳哥哥了。我也終於可以……在這時候回答這個問題了——」

黑貓再度緊張地轉向我。

「『京介』，你打算怎麼辦？」

「你說過喜歡我對吧？雖然桐乃她沒有辦法忍受你交女朋友，但現在還是要我們兩個人復合。她說因為你們是兄妹——如果立場互換的話，哥哥也一定會這麼做。」

黑貓對著熱淚盈眶的我繼續說道：

「我們來繼續剩下的儀式吧。就讓我聽聽看——」

她清楚地追問著：

「——你在知道桐乃的心意之後，依然會選擇和我在一起嗎？」

這是個決定性的重大問題。

就像我無法接受桐乃交男朋友那樣，桐乃也無法忍受我交女朋友。但是她卻強行壓抑下自己的感情，準備讓我和黑貓復合。

如果今天立場相反，桐乃真的喜歡她男朋友的話——

我也會做出相同的事情。

因為我們是兄妹。

黑貓一動也不動地直盯著我的眼睛看。看起來比等待告白的答案時還要緊張。她雙腳發抖，額頭上流著冷汗，臉色也是一片鐵青。

——你在知道桐乃的心意之後，依然會選擇和我在一起嗎？

如果這個問題就是黑貓所謂的「儀式」，那麼說現在的狀況就是她故意製造出來的囉。為了讓桐乃說出真心話而單方面表示要分手——然後讓自己重新被選擇一次。如果真是這樣，那她為什麼要做出這麼過分的事情呢？

不過，話說回來……這確實是我的責任。

已經不能像過去那樣，靠著大聲喊叫來讓對方同意我無理的要求了。

當然這也不是哭著求對方就能解決的問題。我得好好面對她，仔細地回答她的問題才行。

「————」

當我開口的瞬間，黑貓馬上嚇了一大跳，那種模樣真的很惹人憐愛。

她害怕聽見我的回答，甚至比在等待告白回應的那個時候還要恐懼。

我猶豫了一下子後，心裡做出了決定。

我用力吸了口氣，講出了答案——

「黑貓，我——」

「騙你的。」

在我說出口前，她忽然冒出這麼一句突兀的話來。

「——我開玩笑的。」

「咦？」

「……我說所有的事情都是開玩笑。所以……你不用回答也沒關係。」

閉起眼睛後，黑貓轉身背對著我。

就算我再怎麼遲鈍，也知道這時候她一定是在說謊。原本已經要說出口的答案，無論這傢伙怎麼說，我都要表達出來——

「等等，黑貓。妳聽我說，我——」

「等一下……」

還是沒來得及說出口。

「咦？」

「你把接下去的話說出來，我就會死唷。」

「咦咦？」

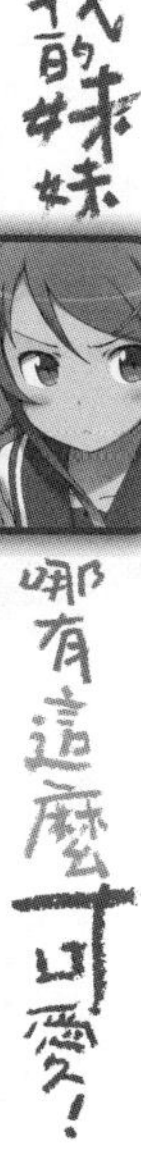

會死……她說會死耶！不要用這麼認真的口氣說這種話好嗎！這已經是威脅了嘛！

真恐怖……！我有時真的會覺得黑貓很恐怖！

這傢伙用自己的性命當人質，阻止我把話全部說完……

「……哼哼……哼……這……這樣就可以了。」

這時候桐乃跑到黑貓身邊。當我以為她會生氣地說——「別開玩笑了，讓他把話說清楚！」時……

「妳……妳……沒事吧？」

結果她卻是去扶了差點要昏倒在地上的黑貓。

「喂……喂。妳怎麼了？」

「…………」

黑貓雖然整個人癱倒在桐乃身上，但還是側眼看了我一下。

呼呼……呼呼……的，一副氣喘吁吁的模樣。

這是……

「你這笨蛋……！」

沒辦法承受等待答案的壓力而快要昏倒了嗎！

仔細一想，這也是理所當然的事。她原本就是個相當怯懦的女孩。當初告白的時候——她看起來就像快死掉了一樣。在與桐乃激烈的感情衝突之後，又面臨這種狀況……也難怪她會快昏過去了。反而她還有意識才叫做不可思議呢。

桐乃擔心地輕拍瀕死的黑貓的臉頰。

「喂，妳的臉色真的很難看耶！」

「哼……看來我的人生也到了終點……啊啊……桐乃……我已經看不見妳的臉了。妳還在那裡嗎？」

這不是臨終前的台詞嗎！現在不是醞釀這種大結局氣氛的時候吧！

「妳有心思說這種蠢話，倒不如趕快深呼吸一下！」

「……哼……呵呵……妳別以為這樣就獲勝了……其實我早就知道會變成這樣了。雖然完全勝利的預定稍微慢了一些時間……但這一切都按照預言書所寫的來發展。」

講話斷斷續續的黑貓很明顯已經呼吸困難，但還是說了一大串台詞。

當然我還是聽不懂她的意思。

「……妳可別搞錯了……我這並不是逃走。只是暫時性……戰略性的撤退而已……」

「我知道了啦！妳好好呼吸啊！」

「……就算我的肉體毀滅……靈魂依然不滅……」

軟倒。

黑貓留下最後大魔王所說的台詞後便昏倒了。

穿著運動服的她，根本就不適合說這些話。

於是，這個事件就這樣告一段落。

由於黑貓昏倒了，我們便把她帶到附近的溫泉旅館，讓她在休息室裡躺著，然後跟旅館人員說明事情經過，請他們幫忙找醫生過來。幸好沒什麼大礙，我們就讓她直接在那裡休息。醒過來的黑貓，有點難以啟齒地說出一個驚人事實。

「——松戶？」

我和桐乃同時發出驚愕的聲音。

「嗯嗯……是啊。我們家是搬到千葉的松戶。也就是數千枚葉子飛舞的『瘋狂城鎮』。」

住在那裡的人會生氣唷！話說回來……

「還滿近的嘛！」

「是啊。」

什麼是啊……

「爸爸換公司之後，我們就住進公司宿舍了。」

由於她看起來頗為高興，所以我也就不便反駁了。反而是桐乃這麼吐槽她說：

「搞什麼……那妳為什麼會在這裡呢？」

「家族旅行唷。因為轉學手續太慢辦了，所以後天才開始上學。」

「……哈……哈哈……」

桐乃的肩膀無力地下垂。而我也有著和她同樣的心情。

「這麼說……妳……」

「——嗯嗯。雖然轉學了，但還是可以參加聚會。今後……也請多多指教。」

「——」

真不知道該高興還是生氣——不對，我應該要感到高興吧。

桐乃忽然像是想起什麼事情般瞪著黑貓。

「等一下。那妳為什麼不先把這件事說出來呢？」

「…………」

「快……快點回答！」

「……我……我哪說得出口嘛。看妳……那麼拚命地說服我……」

那還用說嗎！我呢！是來帶妳回去的！

別這樣忽然消失好嗎？我就是不想妳搬到這麼遠的地方來嘛……

這可真讓人害羞啊。

黑貓紅著臉低下頭去。

「嗚哇……」

桐乃這時候才意識到自己剛才的行為，也跟著羞紅了臉。

……聽見對方說出那些話之後，確實很難說出真相。

「嘿……」

結果我就這樣被女朋友甩掉，沒辦法跟她恢復成以前的關係。

但是——我們兩個人之間的羈絆也變得更深了。

「黑貓小姐所謂的《Destiny Record》，應該就和桐乃的『人生諮詢』差不多吧？」

麻奈實對我訴說自己的解釋。我們已經有好一陣子沒有像這樣一起放學回家了。

無論是那時候無疾而終的經過，還是我被黑貓甩了的結果，我都有必要向一直支持著我的麻奈實報告清楚——而她聽完了之後便說了剛才那句話。

但我卻不大能理解她的意思，歪著頭問道：

「……是嗎？她確實說是『儀式』而一起做了許多事，但感覺上和桐乃的人生諮詢好像有點不同耶。」

「是一樣的唷～但是——只看表面的話，確實有很大的不同。應該說是『該怎麼做才好？』與『應該這麼做』的差異……這樣懂了嗎？」

「啊……」

的確，桐乃的人生諮詢雖然有例外，但通常不是「該怎麼辦呢？」就是「幫我做○○啦」的形式，具體來說就是給了我清楚的最終目標，然後交由我去解決。

雖然每次都蠻不講理就是了。

另一方面，黑貓的《命運紀錄》則是最終目標相當模糊，讓人根本摸不著頭緒。就是一直遵照黑貓「應該這樣做」的指示來進行「儀式」……

所以才會有這種不踏實的感覺嗎？

根本沒有標準可以確定是否已經達成目標——也就是黑貓的「願望」。

「嗯？但是，如果是這樣的話，『和我分手』這件事不就也早在黑貓的預定當中了嗎？」

「嗯——這就不一定了。她確實是按照預定讓那種狀況發生了，不過我想黑貓小姐心裡一定還是希望你能夠選擇她。」

因為她是女孩子啊，麻奈實這麼說道。

「看見桐乃而嚇了一大跳，看來她真的沒想到你們會追到旅行的地方去。所以也才會感到

有點高興吧。」

雖然這是無關緊要的發現，但最近……總覺得黑貓變得很像麻奈實，麻奈實也變得很像黑貓耶。麻奈實能夠很詳盡地說明黑貓的心情——而黑貓也像麻奈實一樣能看透我的心思。這種情況是不是有什麼特別的意義在呢？

「……怎麼妳好像比我還要了解黑貓啊？」

明明我才是她前男友——真是太丟臉了。

雖然這只是我帶著自嘲意味的一句呢喃，但麻奈實聽見後卻搖了搖頭。

「沒那回事唷。小京你一定比我還要了解黑貓小姐。只不過，因為我們都是女孩子，所以有些部分我會比小京多了解一點……就是這樣。」

麻奈實說完便對我露出跟過去完全一樣的安穩微笑。

「你很努力了，小京。你確實好好地面對了黑貓小姐的感情。」

「……妳的話總是給我很大的鼓勵。」

「不過，我還真是有點意外呢。原本以為小京一定會來找我商量——」

「妳這是什麼意思，好像早就知道我會傷心失意一樣。」

「我是知道唷！」

喂！這……這傢伙……

算了，現在回想起來，麻奈實的確說過「只要覺得痛苦，無論什麼時候都可以來找我唷」這種預測我會陷入危機的發言。

「因為和小京交往的女孩子一定會很累，所以我早就做好隨時都能幫忙的準備了呢——」

「我真的完全沒有信用耶。」

「怎麼可能會有嘛～」

今天的麻奈實小姐講話怎麼這麼嚴厲啊？

麻奈實接著又以強而有力的語氣斷言：

「小京這麼不可靠，和你結婚能得到幸福的女生應該不多——我對這個預測很有自信喔。」

「妳是被綾瀨細菌感染了嗎？」

我要哭囉？以前那個溫柔的青梅竹馬到哪去了？

「小京你一定要感謝將來成為你老婆的女生。因為她一定得非常非常努力才行。」

「是——」

而我也乖乖地把這句話記在心裡。

將來的老婆嗎……現在的我根本沒辦法想像她的樣子啊。

在我們講話時，又快到了熟悉的丁字路口。而這次的閒聊也差不多快到最後的話題了。

「……那我要和誰結婚，才能得到幸福呢？」

我豁出去般這麼問道，結果麻奈實狼狽地發出「咦？」一聲並且滿臉通紅。

「這……這個嘛……嗯……比如說……」

麻奈實不知道為什麼開始含糊其詞，接著又像隻小狗一樣一邊搖頭一邊這麼說道：

「像……像綾瀨小妹啊……」

「咦咦？」

誰不說妳竟然說綾瀨？

「如果是綾瀨小妹的話，一定拚了命也會建立一個讓大家都有笑容的家庭。」

「什麼家庭……喂喂……」

雖然實在很想吐槽「妳也扯得太遠了」或是「妳這假設太沒真實性了」，但「拚了命也會建立」這句話卻帶有強烈的說服力，讓我沒辦法把話繼續說下去。

「當然我說的是『如果』，因為要和小京交往的話，沒有像綾瀨小妹那樣的活力一定會很辛苦。只是交往或許很簡單，但之後一定會出現無論如何都無法順利克服的部分。我想黑貓小姐會用那種不講理的方式和你分手，應該也是這個原因吧……」

她竟然說只是交往的話很簡單……

我這個人看起來有那麼容易攻略嗎……

算了，也不用爭了。雖然不能接受，但現在不想爭這一點。

因為麻奈實的話裡還有更吸引我注意的地方。

「什麼是無論如何都無法順利克服的部分啊……？」

「還用說嗎？指的當然就是桐乃啊。」

麻奈實斬釘截鐵地說道。

「黑貓小姐雖然喜歡小京，但她也同樣很喜歡桐乃。所以她沒辦法忽視桐乃的心情，認為不能只有自己獲得幸福。當然——這樣的話一開始不要跟小京告白就好了……但是那女孩無論如何都沒辦法做到這一點。你不要問我『為什麼？』——如果小京真的這麼遲鈍的話，我就得代替黑貓小姐認真發你一頓脾氣了。」

「……………妳啊……」

「嗯？」

「為什麼能夠這麼了解黑貓呢？」

我提出了這個與剛才類似的問題，但卻帶著與剛才那個問題不同的意義。

麻奈實這時候用跟平常沒有兩樣的口氣回答：

「我當然了解了。因為我也喜歡小京啊。」

「…………！」

聽見這出乎意料的答案，我因為動搖而停下腳步。

「妳……剛才說什麼？」

「呵呵……」

麻奈實那帶著羞澀的笑容，看起來比平常還要嬌豔不少。

「那麼，知道了大家的心意之後——小京你會怎麼做呢？雖然已經做出『目前的答案』，但這一定沒辦法維持太久——就算你希望不要有變化，但有時候還是由不得你啊。這次託黑貓小姐犧牲自己的福，小京身邊不就已經產生了許多變化嗎？就算將來的對象不是綾瀨——或許已經可以看見一個能讓大家都幸福的未來囉？」

這時候麻奈實帶著靦腆的笑容，再度重複了那句話：

「小京。不要著急，仔細考慮之後，要確實忠於自己的感情。」

這句話就像把利刃般深深刺進我的心裡。

幾天後……黑貓招待我和桐乃到她的新家去玩。

那是一棟公寓式的員工宿舍。雖然離車站有點距離，但周圍有許多綠地，是一個相當悠閒安靜的地方。

我們在星期六傍晚抵達她家，然後當晚直接在那邊過夜，現在已經是隔天早上了。我和桐乃目前在早餐的餐桌前相對而坐，而黑貓在廚房裡做著早餐，至於日向她們則還沒有起床。聽說只要不用上學，她們就會睡得比較晚。

順帶一提，我們也和黑貓的父母親見過面了。感想等下次再說吧。

「昨天晚上，外面真的超暗的，難道松戶沒有路燈嗎？」

趴在暖爐桌上等早餐上桌的桐乃，嘴裡竟然還講出這種過分的話來。

「來這裡的途中有路燈吧？」

「是嗎？好像跟去鄉下的爺爺奶奶家時一樣，根本不常出現吧？話說回來，這間公寓前面的路燈是不是壞掉啦？」

「……那是剛好而已吧？今天應該就會修好了。」

「難怪這裡會被人稱為千葉的『瘋狂城鎮』。」

這麼叫的就只有黑貓一個人吧？

倒是妳給我差不多一點好嗎？到時候真的被住在松戶的居民罵我可不管喔。

「…………搬回千葉市不就好了？」

這才是真心話嗎？那原諒妳好了。

「我們家二樓不是有個置物間嗎？那邊整理一下應該能夠養隻黑貓才對。」

「別用養來說妳朋友好嗎！」

妳看都害我想像起黑貓穿著體育服蹲坐在小空間裡的模樣了。

「……也可以像莉亞一樣住在我房間啊。我可以幫她出生活費……如果小日和小珠也能一起來就好了……」

小日和小珠指的當然是黑貓的妹妹們。

我和黑貓原本就很害怕讓黑貓妹妹們和猛獸──桐乃相遇……結果也正如大家所想，真的是誇張到不行。說不定下次有機會可以跟大家說說當時的情形。

「妳啊……」

「啊！對了對了！」

「………那個……」

桐乃忽然從桌上撐起身體。

她原本像是想說些什麼，但是又閉上嘴巴。

「？什麼事啊？」

「沒有啦……嗯……那個……結果你決定怎麼做？」

「什麼怎麼做？」

「就是和黑漆漆的啊……」

「……啊啊，妳說那個嗎？那時候沒有個結論就結束了。」

黑貓穩定下來之後，我好幾次想要對她提起這件事，但每次都被她逃走了。

就算在電話裡，只要一想要講這個話題，就會被她掛斷電話。

所以我依然是處於被甩掉的狀態，但她也不是完全對我沒意思了。

目前就是這樣不上不下的半吊子狀態。就連麻奈實所說的「目前的答案」都沒辦法傳達給黑貓知道。可能就是因為這樣吧……我還是經常會想起那傢伙的事情。

和那傢伙一起度過暑假的回憶，不知道已經給了我多少次激昂與寂寥的感受了。

「你那時候原本打算怎麼回答呢？」

桐乃看著我的眼睛這麼問道。由於我已經自問自答過許多遍了，於是我馬上就回答她說：

「雖然將來的事情還不知道。不過，我還是不想妳交男朋友。所以呢，如果妳不喜歡，我也沒辦法交女朋友。當然，這是目前的狀況啦——」

就是所謂的互相尊重。

「這樣啊……你說是目前，那到什麼時候會改變？」

「什麼時候會改變嘛……」

妳問我我也不知道啊……

「……可能等到妳交男朋友為止吧？」

「但你不是不想我交男朋友嗎？」

「嗯，是啊。」

以被逼到絕境的心情這麼回答後，桐乃便「噗」一聲笑了出來。

「那不完蛋了？」

「……是完蛋了。」

確實……這樣下去我一輩子都沒辦法交女朋友了。

那到底該怎麼辦才好……

我這時真的煩惱了起來。

「妹控。」

「嗚……」

「嘻嘻，真的很噁心耶你。」

「妳……妳跟我是半斤八兩啦！」

我站起來大叫。而桐乃受到我影響也跟著站了起來。

「我沒關係，因為我是妹妹。但你這樣就是噁心，因為你是哥哥。」

「這是什麼道理！」

我們兩個就這樣隔著桌子不斷吵嘴。

雖然構圖已經接近黑貓所畫的「理想世界」——但表情完全不同。

黑貓的目的果然還是失敗了──

因為不停吵嘴的兄妹跟那種幸福的畫面可以說差了十萬八千里。

當我們兩個人還在鬥嘴的時候……

「久等了。」

穿上貓耳女僕裝的黑貓把早餐端了過來。除了有烤鮭魚、燙菠菜之外還有滷海帶──這種非常普通的和式早餐。雖然黑貓確實很會做菜，但唯一的缺點就是她比麻奈實還喜歡讓我吃草。順帶一提，這樣的菜色大受崇尚健康的桐乃好評。

「哇哈，終於來了~」

「真是難看……妳就不能乖乖地等嗎？」

真像是母女之間的對話。穿著女僕裝的黑貓靜靜將「日本的早餐」排在桌面上。

真是不搭調的光景啊。

好，我現在就從大家覺得有問題的地方吐槽下去吧。

「妳這是什麼服裝！」

「啊啊這個嗎？是沙織給我的。」

「我一看就知道了。這是女僕派對那時候的衣服吧？那不是租來的嗎？」
「沙織表面上告訴我們是租來的，但根本是她事先準備好的。我最近逼她說出實話了。」
原來是這樣……
「我不是這個意思！我是說為什麼現在要穿這種服裝？」
「……因為很可愛啊。」
女僕黑貓說完往上瞄了我一眼，臉頰還染上了一抹微紅。
……………看來這傢伙一大早就想把我殺掉。
這時候桐乃面無表情地說了一句：
「……那邊的色貓……」
「色……色貓……？」
黑貓整個人呆住了。
「色貓。妳已經和這傢伙分手了吧？妳自己說過對吧？那為什麼還一大早就在發情呢？喂……我到是想聽聽看妳有什麼藉口？」
「……………」
被桐乃惡狠狠瞪著的黑貓眨了眨眼睛。
接著低下頭，忸忸怩怩地開口說：

「我和京介確實已經不是情侶，而且也不是學長和學妹的關係了……」

「——然後呢？」

「就這樣。」

「啥？根本就不成藉口！我是問妳為什麼已經分手了，還一臉稀鬆平常地誘惑這傢伙！」

「哼哼哼……我只是按照《命運紀錄》上面的預言在進行『儀式』而已。」

——咦？這傢伙剛才說了些什麼？

「什……什麼儀式……妳啊，那已經結束了不是嗎？」

「什麼時候、又是什麼人說過已經結束了？為了實現我『願望』的『儀式』，現在才進行到一半——根本就還沒結束呢。反而應該說很順利地進行當中。」

「妳說什——」

桐乃頓時說不出話來僵在那裡。而我也只能張開嘴巴，直盯著黑貓看。

麻奈實說過黑貓的「儀式」就跟桐乃的「人生諮詢」一樣。

也就是說，難道這就是——

——人生諮詢可還沒結束啊。

就是這麼回事嗎……？

黑貓以優雅的動作靠到我身邊，在我耳朵旁這麼呢喃著：

「——別忘了，覆蓋在你身上的『詛咒』還沒解開啊。」

「————」

我的心臟狠狠跳了一下。

「等等！妳剛才在做什麼？」

從桐乃的位子上看起來，黑貓剛才的動作就像是親了我一樣。雖然她怒吼著不斷追究這件事，但我已經聽不見她在說什麼了。因為這時候我的腦袋已經是一片混亂。

……這是怎麼回事？

——**和學長分手。**

原本以為就這樣結束的「儀式」，看來還有後續發展。

就算我下了「現在沒辦法交女朋友」的決心，這個夏天和黑貓一起度過的那些日子也不可能消失。它們就像「詛咒」一樣還留在我心中。

我會永遠喜歡你。

她似乎就在我耳邊表示這句話絕對不是謊言。

你們大可說這只是我這個癡情男的妄想，但我就是有這種感覺。

我緊盯著她的眼睛，希望從中讀取她的心思。

但是黑貓卻紅著臉將頭轉開說：

「啊，對了。我想還是先跟你們說吧。這次的『儀式』已經讓我的計畫有了很大的進展。」

她像是要改變話題般，忽然就拿出了那本黑色筆記本。

但仔細一看就能發現那是全新的本子，所以應該已經是第二本筆記了。

「所以我就把更為明確的願望表達出來了。」

她把第二本《命運紀錄》打開讓我們看最後一頁。

上面所畫的，果然是那幅名為「理想世界」的插畫。

畫著餐桌前幸福場景的插圖，跟我以前見到的唯一有一處不同。那就是變得較為成熟的我和桐乃——正在迎接拿著早餐走過來的黑貓。

不知道為什麼，這幅畫給我一種似曾相識的感覺。

「……啥？這是什麼？是我們嗎？」

「……你們覺得這幅畫怎麼樣？」

黑貓平穩地對我們兩個人問道。

「我不知道妳畫這個要幹嘛，但一點都不像嘛。妳的技術是不是退步啦——？」

「嗯……我們的感情應該不可能像畫裡面那麼好吧？」

因為老是在吵嘴，與這幅畫裡面的我們一點都不像。

聽見我們的回答之後……

「……呵……看來還有很長的一段路要走……」

黑貓很滿足地露出了苦笑。

於是騷動就這樣落幕了。

現在回想起來，這次的事件真的與之前的冒牌男友事件十分相像。

當知道妹妹交男朋友時，我才發現了隱藏在自己心裡的真正心意。一想到好不容易才跟妹妹的感情變好一點，但她馬上就要被別的男人搶走，我就實在受不了。

「我不會把桐乃交給你。」

我在一陣暴走之後，甚至還大叫出這種羞死人的台詞。

而這一次，當哥哥交了女朋友時，桐乃似乎也有同樣的心情。

因為黑貓不按牌理出牌的「儀式」，我也知道了這個事實。

「我最討厭哥哥了！但我還是要當他最重要的人！」

她好像……叫出這種話來了。

但她不但幫忙讓被黑貓甩掉而失意的我打起精神，還對我伸出援手——傾聽了我的人生諮詢。就像我過去對妹妹所做的一樣。

……真是的，那臭傢伙。到底是哪根筋不對了？

我的妹妹哪有這麼帥氣呢？

如果不是自己的妹妹，我一定會愛上她，可惡。

嗯……不過呢……只看結果的話，託御鏡和黑貓的福，我和桐乃也因此比過去更加了解對方了。如果不是因為這個機會，我們將會一直處於誤會彼此的狀態。雖然我們還稱不上是「兄妹情深」，也還是會不斷抱怨彼此，但對方有麻煩時我們將會攜手合作來幫助對方渡過難關。

兄妹應該就是這個樣子吧？你們說是嗎？

……或許稱這為代價可能有些誇張，但我確實因此而被黑貓給甩了，然後又挨了綾瀨與麻奈實的罵，甚至還被學校的女孩子們討厭。之前到田村屋的幾個女孩子，在教室裡都故意諷刺我說「啊，是高坂同學——哇哈哈哈哈！來來，快點過來下跪」呢。實在是太可惡了。

雖然我每天都過著這種悲慘的日子，但這就是我「應得的報應」吧。

我自己也知道，最近的事件裡，我自始至終都是個超級沒用的傢伙。

不但讓好友的社團產生裂痕。

還弄哭妹妹，而且根本不清楚她哭的理由；擅自訂立了「會好好珍惜妹妹」的目標，但是

又失敗……接著又再次讓妹妹哭泣了。

甚至也讓好不容易才在一起的女朋友有了難過的回憶。

最後連我自己也嚐到了苦果。

不過當然也獲得了……

「談戀愛真的是很難的一件事。」

這個很大的教訓。

「……噁心，你在碎碎唸些什麼？」

現在我終於發現到一件事。

「——唉唷，你也有能和『黑暗世界』通訊的『能力』嗎？」

心裡出現一種急速成長的想法。

「沒事啦。」

也可以說隱隱約約發現到已經有種觀念在我內心萌芽。

那就是我這個人根本不是什麼好哥哥，也不是什麼好情人。

而我今後一定也會犯好幾次錯吧。雖然覺得盡了全力，但這次用盡吃奶的力量也只是得到這樣的結果。都盡力了還是這麼狼狽，那就沒辦法了。雖然我不會因此而不再努力，但最後還是只能不斷犯錯，從痛苦的經驗中矯正錯誤。而這就是所謂普通的生活方式，應該吧。

在妹妹出現真心喜歡的男朋友之前——我不能交女朋友。

我先在內心做出了這樣的決定。既然拜託妹妹不要交男朋友，而妹妹也希望我不要交女朋友——那我們就算是扯平了。我也知道這聽起來很像是藉口，如果有人要指責我是妹控我也無話可說。

•

只不過，希望大家再給我們一點時間。

因為我們比想像中的還要幼稚。你們也看見了吧？連扮家家酒的戀愛遊戲都搞得那麼狼狽不是嗎？我不斷犯錯、失敗、嚐受苦果，然後才好不容易注意到妹妹的心情。而且看起來我吃的苦依然～～～還不夠多呢。

連麻奈實都警告我這只是「目前的答案」，而黑貓也說了「儀式」仍未結束這種話來。

也就是說，我的未來還是必須走進一大片地雷區。

又笨又鈍又沒用的我，所能表達出來的最大誠意，就只有不繞過這片地雷勇往直前而已。

——不要著急，仔細考慮之後，要確實忠於自己的感情。

ＯＫ啦。雖然我也已經發現這是非常難做到的要求，但我也只能鼓起勇氣去做了。

至少得展現出不怕被炸死的覺悟才行嘛。

否則，我哪有臉去面對為了我而犧牲自己的那些傢伙呢？

「如果最近有『你很重視的女孩子』跟你告白，那麼請你……好好考慮一下吧。」

這個就請恕我沒辦法做到了。因為下一次我一定會自己告白。

於是，我高中生涯的最後一個夏天就這樣結束了。

暑假完結，等到星期一時，我和黑貓將到不同的學校去上課。已經沒辦法在學校裡見面了。但是週末的時候……應該還是能像這樣聚在一起。

或許成員還會加上沙織或者是日向、瀨菜他們。

然後跟往常一樣吵架、喧鬧、彼此謾罵——偶爾還會墜入情網。

我覺得如果前方有這樣的未來……

那真的會是件相當不錯的事。

這時我的思考跑到了預言書的最後一頁上。

黑貓說看來還有很長的一段路要走。

由窗簾縫隙當中射進來的陽光，照耀著我眼前的景象。

「沒那回事唷」，我這麼囁嚅著。

因為這些傢伙雖然跟往常一樣老是吵架，但創造出來的未來要比那幅畫耀眼多了。

「——你說什麼？」

桐乃不高興地說道。

我看著妹妹的正面——忽然想起了一件事。

「嗯，沒有啦……那個……」

這次的事件與之前那件事極為相似。

這樣的話，我也只能夠用這句話來表達對桐乃的感謝了。

「——謝謝妳啊，桐乃。」

桐乃因為驚訝瞪大並且眨了眨眼睛。接著像是看見什麼令人害羞的事物般，紅著臉浮現出僵硬的笑容。

「啥？你怎麼忽然胡說八道起來了？」

「妳……妳這是什麼態度，我向妳道謝……是那麼稀奇的事情嗎？」

感覺臉頰發熱的我噘起嘴這麼說道。

「好啦好啦，是我不對……」

桐乃原本像在嘲弄我一般發出「嘻嘻」的笑聲，但忽然停了下來——將嘲笑變成了微笑。

她紅著臉頰乾咳了幾聲。

「——不客氣，京介。」

至於聽見桐乃的回答之後我有什麼樣的想法。

我想，應該不用說也知道吧？

後記

我是伏見つかさ。非常感謝大家購買《我的妹妹哪有這麼可愛》第八集。在發售日當天就已經閱讀第七集的讀者們，等了足足半年的時間吧……真的是非常不好意思。讀完本作之後，只要能讓大家覺得等待是值得的就好了。

這一年當中，以動畫和遊戲為首透過各種跨媒體合作，強力幫忙將《我妹》介紹給更多的朋友知道。身為原作者，我實在感到非常惶恐與感動，已經不知該大叫些什麼感謝的話才好了。所有工作人員以及《我妹》的書迷們，真的非常謝謝你們！

對了對了，託改編動畫的福，我也收到了非常可觀的粉絲來信！（一點都不誇張，大概有之前的一百倍以上！）寫小說這件事究竟有什麼魅力，我想每一位作家的感想可能都有所不同，但就我個人來說，閱讀各位的來信就是我最幸福的時刻。閱讀本書的讀者露出笑容或是感到高興的時候我都沒辦法看見，因此來自各位的信件——真的有人覺得這本書相當有趣的真實感就是我力量的泉源。在我難過時它們能給我鼓勵，光是回想我就要哭了。不，說真的，我每次只要重複閱讀大家的來信，就能夠重新振作起來！

之前我在後記裡也回應過書迷的來信，但這次由於人數太多，實在沒辦法統一回應。真的非常抱歉。每一封信我都確實讀過且用心保存起來了。經常寫信給我的大家，這次我也確實收到你們的來信了。此外當然也很感謝以電子郵件傳送感想給我的各位。

關於本系列今後的發展嘛……

我想要創作一些描寫「兄妹」這個題材時，一定得寫到的東西。

還有自己覺得有這些情節應該也很有趣的東西。

從下一集開始，我將會描寫這兩個部分。嗯……說起來好像跟過去也沒什麼不同，由於作為特典所寫的短篇每一篇都大受好評，所以我預定下一集開始要毫無顧忌地混入一些奇怪的故事。敬請期待形式與題材都沒有改變，但味道與過去有些不同的《我妹》吧。

最後則是宣傳時間。動畫「我的妹妹哪有這麼可愛」的藍光碟&ＤＶＤ系列正在發售中。我也創作了以桐乃和黑貓觀點所寫的特典小說，以及能享受《我妹》迷你角色之間對話的特典影像。請大家觀賞之後務必告訴我感想。

二〇一一年三月　伏見つかさ

國家圖書館出版品預行編目資料

我的妹妹哪有這麼可愛！ / 伏見つかさ作 ; 周庭旭, 鄭人彥譯.——初版.——臺北市 : 臺灣國際角川, 2009.06

面 ;　公分. ——(Kadokawa fantastic novels)

譯自 : 俺の妹がこんなに可愛いわけがない

ISBN 978-986-237-137-4(第1冊 : 平裝)

ISBN 978-986-237-271-5(第2冊 : 平裝)

ISBN 978-986-237-411-5(第3冊 : 平裝)

ISBN 978-986-237-591-4(第4冊 : 平裝)

ISBN 978-986-237-770-3(第5冊 : 平裝)

ISBN 978-986-237-870-0(第6冊 : 平裝)

ISBN 978-986-287-071-6(第7冊 : 平裝)

ISBN 978-986-287-386-1(第8冊 : 平裝)

861.57　　98007943

Kadokawa
Fantastic
Novels

我的妹妹哪有這麼可愛！ 8

（原著名：俺の妹がこんなに可愛いわけがない 8）

2011年10月18日 初版第1刷發行
2016年5月19日 初版第5刷發行

作　者：伏見つかさ
插　畫：かんざきひろ
日版設計：伸童舍
譯　者：周庭旭

發行人：成田聖
總編輯：蔡佩芬
主　編：吳欣怡
文字編輯：朱哲成
資深設計指導：黃珮君
美術設計：陳晞叡
印　務：李明修（主任）、張加恩、黎宇凡、潘尚琪

發行所：台灣角川股份有限公司
地　址：105台北市光復北路11巷44號5樓
電　話：（02）2747-2433
傳　真：（02）2747-2558
網　址：http://www.kadokawa.com.tw
劃撥帳戶：台灣角川股份有限公司
劃撥帳號：19487412
法律顧問：寰瀛法律事務所
製　版：巨茂科技印刷有限公司
ISBN：978-986-287-386-1
香港代理：香港角川有限公司
地　址：香港新界葵涌興芳路223號
新都會廣場第2座17樓 1701-02A室
電　話：（852）3653-2888